SANDRA LÜPKES

Der **B**rombeerpirat

Ein Inselkrimi

Rowohlt Taschenbuch Verlag

Veröffentlicht im Rowohlt Taschenbuch Verlag,
Reinbek bei Hamburg, März 2006
Copyright © 2002 by Leda-Verlag, Leer
Umschlaggestaltung any.way, Cathrin Günther
(Foto: photonica/Alan Powdrill)
Satz aus der Minion PostScript (InDesign) bei
Pinkuin Satz und Datentechnik, Berlin
Druck und Bindung Druckerei C.H.Beck, Nördlingen
Printed in Germany
ISBN 13: 978 3 499 23926 7
ISBN 10: 3 499 23926 4

Für alle Inselkinder

Ruhestörung

Manchmal hab ich das Gefühl
ich bin der Mensch, der hier zu viel ist
der dann was sagt, wenn alle schweigen
der das fixiert, wo alle wegschauen
der dann beginnt, wenn alle gehen
Dann bin ich lauter
als das Klingeln in den Kassen
für das hier alles passiert
Dann bin ich lauter
als das Rauschen des Meeres
für das man einfach kassiert
Dann bin ich lauter
als vier Wände es schlucken
Dann steh ich einfach nur da
und bin euch allen im Weg

Ruhestörung

Manchmal hab ich das Gefühl
ich bin der Mensch, der hier gebraucht wird
der dann nur schweigt, wenn alle reden
der dann wegschaut, wenn alle drauf zeigen
der dann geht, wenn alle kommen
Dann bin ich stiller
als ihr in euren Häusern
feig ein Geheimnis vertuscht
dann bin ich stiller
als das Nichts in euren Augen

welches mein Leben verpfuscht
dann bin ich stiller
als der Wind leise weht
Dann steh ich einfach nur da
und bin euch allen im Weg

Ruhestörung

01. **Heiter bis wolkig, 26 °C im Schatten** Das Mädchen saß bereits vor dem Bunker, mitten im Brombeergestrüpp, die Knie angezogen, und ließ den Blick, diesen seltsam grauen, teilnahmslosen Blick, in die Ferne schweifen. Sie schien zu warten. Auf ihn bestimmt nicht.

Remmer ließ den Motor mit einem blubbernden Geräusch absaufen, dann stieg er vom Mofa. Seine Oberschenkel klebten auf dem schwarzen Kunstleder, die Sonne hatte den Sattel ziemlich aufgeheizt, jetzt zeichneten sich hinten knapp unterm Po wahrscheinlich rote, schwitzige Falten ab. Er hoffte, dass die Neurodermitis nicht wieder aufblühen würde. Sie hatte ihn seit langem verschont, doch die Hitze leistete seiner Krankheit Vorschub. Die Fahrt hier heraus war einfach zu weit, um mit dem Fahrrad zu kommen. Zumindest, wenn er wie heute seinen Bass dabeihatte. Er löste die ausgeleierten Gummizüge, die er am unteren Rand des Gepäckkarrens festgeklemmt hatte. Schreckliche Sommerhitze, sicher müsste er das Instrument gleich stimmen. Seine Laune war heute nicht gut, obwohl er sich auf die Probe freute, vor allem auf das «Nachher», wenn sie in Jaspers Vierzigsten reinfeiern würden. Er war jedoch kein Freund von Temperaturen über 25 Grad, selbst der Aufkleber auf seinem Koffer war weich geschmolzen. Als er den Kasten abstellte, ratschte die Kante des Gepäckträgers über die ovale Folie und von «Die Piraten» blieb nur noch ein welliges «Die P...en» übrig. Vielleicht hatte Jasper noch einen neuen Sticker dabei.

Das Mädchen starrte immer noch in Richtung Birkenwäldchen, obwohl es dort wirklich nichts Besonderes zu sehen gab. Eigentlich hatte Remmer vorgehabt, sie zu ignorieren. Sie war ihm unangenehm. Doch als er den rostigen Schlüssel im Schloss der Bunkertür umdrehte, murrte er: «Hast du nichts Besseres zu tun, als um diese Zeit hier am Ende der Welt Löcher in die Luft zu starren?»

Sie wandte langsam den Kopf, fast, als hätte sie ihn jetzt erst bemerkt, und Remmer bereute, dass er überhaupt den Mund aufgemacht hatte.

«Ich warte auf Jasper», sagte sie tonlos.

«Na, dann warte mal, der kommt nie pünktlich.» Remmer stieß die Tür auf und betrat den abgedunkelten, winzigen Raum, in dem jede, aber auch wirklich jede Ecke mit Dingen voll gestellt war, die schwarz waren und Kabel hatten. Jede Menge teure Sachen, zwölftausend Euro auf zwölf Quadratmeter gequetscht. Wenn die Musik nicht so verdammt viel Spaß machen würde, dann wäre dies hier wirklich eine Zumutung. Doch wer laut war auf der Insel, für den war eben kein Platz. Die Gäste waren schließlich schon laut genug.

Remmer steckte erst die rosaroten Wachskügelchen in die Ohren, dann das Kabel in den Verstärker. Er kippte den Schalter auf ON, drehte die Regler nur ein paar Millimeter im Uhrzeigersinn. Ein paar Minuten für sich, die hatte er jeden Sonntagabend. Er war immer der Erste. Ein satter, dumpfer Ton floss aus dem vibrierenden Tieftöner. Es war nicht der, den er erhofft hatte, die Hitze hatte, wie vermutet, das Instrument verstimmt. Seine Finger fanden den passenden Bund wie von selbst, er bemerkte nicht mehr die Kraft, die das Herabdrücken der dicken Metallsaiten erforderte, dazu spielte er schon viel zu lang. Das Stimmgerät zeigte die Tondifferenz, und er drehte an der Saitenmechanik, bis das Instrument so klang, wie es klingen musste.

Vielen Menschen war nicht klar, worin der Reiz beim Bass-spielen lag. Remmer wusste es. Tiefe, Substanz und Hinter-gründigkeit, ohne das klang Musik flach wie Spieluhrgedudel. Im Grunde war er auch nicht der Mann, der sich in den Vordergrund spielte, dafür war Jasper zuständig. Jasper reimte sich nicht umsonst auf Kasper. Jasper sah gut aus, trotz der vierzig Jahre, die er morgen auf dem Buckel haben würde, er lachte auf seine ganz eigene Weise, eigentlich strahlte er mehr. Seine Bewegungen erfassten den ganzen Körper, wenn er Gitarre spielte und sang. Eigentlich wunderte es niemanden, dass selbst die ganz jungen Mädchen für ihn schwärmten, von den erwachsenen Frauen ganz zu schweigen. Nun gut, Norderney war nicht die große Bühne und Jasper nicht Bon Jovi, aber wenn sie die «Piraten» waren, dann war Jasper der Kapitän.

Und er, Remmer, war der Maschinist. Vielleicht war er viel zu dickbäuchig und ein wenig zu dünnhäutig, doch der Kapitän konnte schreien, wie er wollte, ohne den Motor ging es nicht, ohne ihn war alles Flaute. Remmers Fingerkuppen liefen über den hölzernen Steg wie bei einem Tanz auf der Straße, und er schloss die Augen.

«He, Remmer. ‹Watt'n Meer?› Hast du geübt. Klingt gut.»

Tido saß bereits hinter den Trommeln, als Remmer die Augen öffnete. Tido war kein Mann der vielen Worte, deshalb kümmerte es Remmer wenig, dass er sich so leise hereingeschlichen hatte. Umso lauter knallten nun die hölzernen Sticks auf die klirrenden Becken, die rasselnde Snare und die dröhnenden Toms. Remmer drückte die Ohropax tiefer in den Gehörgang. Tido spielte sich warm, und das konnte sehr laut werden.

Remmer sah auf die Uhr, es war gleich halb neun, acht Uhr war ausgemacht. Er hasste Unpünktlichkeit. Jasper wusste doch genau, dass sie heute noch was zu tun hatten. Jede Probe zählte, wenn sie es eines Tages schaffen wollten. Nicht berühmt werden, nur bekannt, nicht unbedingt erfolgreich, nur geachtet.

Watt'n Meer, watt'n Wind, watt'n schöner Inseltag,
watt'n Gefühl, watt'n Traum, watt 'ne Sandbank, die ich
*   mag,*
watt'n Blick watt'n Stück vom großen Watt'n Glück,
einmal richtig angekommen, will ich nie mehr zurück.

Nicht gerade originell, zugegeben, der Text war von Jasper, und der hatte auch schon Anspruchsvolleres verfasst. Aber für diesen Zweck war es genau das Richtige. Und die Norderneyer kannten den Text in- und auswendig: Es war ihre Hymne, ihre Liebeserklärung an die Insel, die von oben aussah wie eine Rohrzange.

Remmer war kein kleiner Junge mehr, und man hatte ihm schon früh die Flausen aus dem Kopf getrieben. Aber er hatte immer noch den einen Traum: Anerkennung! Einen vernünftigen Probenraum vielleicht oder ein paar Gigs auf dem Festland, vielleicht ein Interview im Regionalfernsehen, egal was. Nur diesen fast vergessenen Bunker am Ende der Insel, eingerahmt von Dünenrosen und Brombeergestrüpp, viel zu malerisch für Rockmusik, den wollte er hinter sich lassen. Er wusste, dass man sie hinter dem Rücken «Brombeerpiraten» nannte, und er wollte diesen lächerlichen Beinamen ein für alle Mal los sein.

Time is money, Jasper, sieh zu, dass du hier antanzt.

Die Tür öffnete sich, und das rote Abendsonnenlicht fiel durch den Spalt. Er dachte für einen Moment, es wäre Jasper, doch es war das Mädchen. Sie schob sich herein.

Tido stoppte abrupt inmitten eines gewitterartigen Percussionsolos. Es war sehr still, beide Männer schauten zu diesem blassen, verschreckten, etwas zu groß geratenen Kind an der Tür. Und keiner sagte ein Wort.

Remmer wurde ärgerlich. Er wollte jetzt endlich loslegen,

spielen, Mucke machen, und auf keinen Fall wollte er mit einer von Jaspers magersüchtigen Groupies Probleme wälzen.

Das Mädchen reichte Tido mit langsamer Bewegung ein beschriebenes Blatt. Remmer hatte sie wohl so wütend angestarrt, dass sie nicht wagte, es ihm zu geben.

«Es sollte eigentlich für Jasper sein.» Ihre Lautstärke war dem Schweigen näher als dem Reden.

«Was?», raunzte Remmer.

«Das Blatt hier.» Sie schien sich wirklich anzustrengen, damit wenigstens ein einigermaßen verständlicher Satz über ihre Lippen kam. «Ich wollte es eigentlich Jasper geben. Aber der kommt ja wohl nicht mehr, und ich muss jetzt nach Hause.»

«Das würde ich aber auch sagen, dass du nach Hause musst.»

Das Mädchen drehte sich im selben Moment um und schlüpfte wieder durch den schmalen Spalt nach draußen. Für einen kurzen Augenblick tat es Remmer Leid, dass er sie so herzlos angemault hatte, das arme kleine Ding, aber es ging ihm eben so auf die Nerven mit Jasper und seinen Pubertätsmäuschen und der ewigen Unpünktlichkeit, außerdem hatte er schlechte Laune wegen der Hitze und wollte jetzt endlich spielen.

«Was ist es denn? Ein Liebesbrief?»

Tido hatte den Zettel achtlos beiseite gelegt. «Interessiert mich nicht. Ist schließlich für Jasper.»

Remmer zwängte sich zwischen Bassdrum und Equalizer hindurch und ergriff das Papier. Rosarotes Umweltschutzpapier. Eine Handschrift, die so gar nicht nach Kind aussah.

«Es ist ein Liedtext», sagte er und überflog die Zeilen. «Ruhestörung ... von Leefke Konstantin ... und gar nicht mal schlecht.»

02. **Heiter, 27 °C im Schatten** Wencke kannte die Regeln. Immer, wenn alles gut zu laufen schien, kam etwas dazwischen, das ihr die Laune verdarb, oder viel mehr noch, das ihr das Gefühl gab, vom Pech verfolgt zu sein.

Dieser unglückselige Heiratsantrag hatte sie heute Morgen im Bett bleiben lassen, die leichte Baumwolldecke über den Kopf gezogen, damit die Sonnenstrahlen sie nicht zum Aufstehen zwingen konnten.

Und dabei war heute ihr erster Urlaubstag, lange herbeigesehnt. Sie war sich eigentlich sicher gewesen, dass sie heute energiegeladen in den Morgen springen könnte: Frühstück auf dem Balkon, Rucksack packen, noch ein Nickerchen in der Sonne, und dann würde Ansgar mit dem Auto vorfahren, ihr Gepäck neben seinem verstauen und zum Flughafen fahren. Auf nach La Palma, mit Wanderstiefeln im Gepäck, 14.30 Uhr ab Bremen. Und dann nur Sonne, eine verwinkelte, friedliche, weißgetünchte Finca in den Bergen und zwei Wochen kein Wort wie Durchsuchungsbefehl oder Obduktionsergebnis mehr in den Mund nehmen, stattdessen Rotwein auf der Zunge, direkt vom Erzeuger.

Doch diese Frage, diese ohne Vorwarnung gestellte Frage, hatte alles zunichte gemacht.

Wencke hatte keinen Appetit auf irgendetwas außer vielleicht auf Kaffee, und den Rucksack würde sie auch nicht aus dem Fahrradkeller heraufholen. Sollte er doch allein nach La Palma fliegen. Sie hatte sich einen abenteuerlichen Auf-eigene-Faust-Urlaub vorgestellt, doch Ansgar hatte daraus eine Prüfungssituation gemacht.

«Wenn du mir heute noch keine klare Antwort geben kannst,

dann lass es. Ist nicht schlimm. Verschieb es auf nach dem Urlaub. Wenn wir beide diese herrlichen zwei Wochen auf *La Isla Bonita* hinter uns haben, dann werde ich nochmal darauf zurückkommen. Okay, mein Schatz?»

Nichts war okay. Gar nichts. Knapp tausend Euro und eine Menge Vorfreude zum Fenster hinausgeschmissen. Sie würde nicht mitkommen.

Wencke vermisste ihren Kater, den sie gestern schon zu ihrem Kollegen Meint Britzke gebracht hatte. Der Getigerte spielte nun mit Meints kleiner Tochter auf dem gepflegten Rasen hinter dem Einfamilienhaus in Tannenhausen. Wenckes Füße, auf denen er sonst jeden Morgen weich und wohlig lag, waren kalt. Das Einzige, was sie heute tun würde, war, ihn wieder nach Hause zu holen. Als Schutz gegen die Einsamkeit und gegen die Ungerechtigkeit dieser Welt.

Sie wollte Ansgar doch nicht heiraten, davon war auch nie die Rede gewesen. Es war unfair von ihm, überhaupt daran zu denken.

Wencke Barlickhaus – pah! Auch wenn man heutzutage den Nachnamen nicht mehr ändern musste, sobald man einen Ring am Finger hatte … Es drehte sich ihr der Magen um, bei dem Gedanken, nicht mehr Wencke Tydmers zu sein. Und wenn er noch so schlagfertig war und sie bei Wortwitz immer schwach wurde, und auch wenn er in der Lage war, in ihrem Leben ein klein wenig aufzuräumen, ohne ihr die Gemütlichkeit zu nehmen, es hatte keinen Zweck. Schon allein sein Wunsch nach einem Trauschein ließ sein Ansehen bei ihr ins Bodenlose fallen. Es war zwar schade, aber es war nun mal so.

Der Plastikpolizist made in Taiwan, der sie sonst jeden Morgen um halb sieben mit der Durchsage «Achtung, hier spricht die Polizei» weckte, hatte seit heute auch dienstfrei. Er tickte beharrlich vor sich hin und zeigte ihr, dass es bereits später

Vormittag war. Gleich würde Ansgar unten hupen, mit gut gelauntem Strahlemanngesicht, das Gepäck auf der Rückbank verstaut. Wie sollte sie es ihm sagen? Vom Balkon herunterrufen: «Fahr allein. Ich komme nicht mit»? Oder einen Zettel an die Wohnungstür heften: «Mir ist was dazwischengekommen, sorry! W.»?

Ihr ging es so schlecht, sogar an richtig fiesen, stressigen Tagen in der Mordkommission Aurich war es ihr nie so schlecht gegangen wie jetzt. Die Decke musste noch weiter über das rote Haar gezogen werden, vergiss mich, Welt, bitte vergiss mich nur für einen Tag und geh deinen Gang ohne mich …

Fast hätte sie in ihrer sauerstoffarmen Höhle das Telefon überhört.

Sie schnellte hoch, die kalten Füße fanden den Dielenboden nur mit Mühe, dann schwankte sie aus dem Schlafzimmer in den Flur, wo unter der Jeansjacke der Apparat ungeduldig weiterquengelte, wie ein kleines Kind, das nicht länger im Bett liegen wollte.

«Ja?»

«Wencke, hier ist Isa. Gott sei Dank bist du noch da, ich dachte, du wärest schon unterwegs.»

«Nee, ich bin noch da. Was gibt's denn so Wichtiges, Mama?»

«Jasper hat doch heute Geburtstag, er wird vierzig …»

«Habe ihm bereits gestern im Präsidium eine Glückwunschmail nach Norderney geschickt, heute komme ich sicher nicht dazu, ihn anzurufen.»

Durfte man seine eigene Mutter belügen? Eine Notlüge, natürlich hatte Wencke den Geburtstag ihres Bruders vergessen. Dass sie auch immer so eine Unordnung in diesen Dingen an den Tag legte, die anderen Menschen so leicht von der Hand gingen. Ansgar zum Beispiel.

«Darum geht es ja gerade. Er ist gar nicht da.»

«Vielleicht ist er mit Rika unterwegs. Ich könnte mir gut vorstellen, dass er dem ganzen Rummel entfliehen will. Ich würde es zumindest so machen.»

«Rika ist da. Ich habe gerade mit ihr gesprochen, sie weiß auch nicht, wo Jasper steckt. Er ist heute Nacht nicht nach Hause gekommen.»

«Dann hat er wohl mit seinen Piraten gefeiert?»

Wencke hörte ein Seufzen am anderen Ende der Leitung. Isa war alles andere als eine gluckenhafte, überängstliche Mutter. Im Grunde schien sie sogar ganz froh darüber zu sein, dass beide Kinder aus dem Hause waren und ihr eigenes Leben weit weg von Worpswede führten. Dieser Anruf war alles andere als typisch für sie.

«Hat er nicht. Er ist gestern Abend noch nicht einmal zur Probe erschienen. Seine Bandkollegen waren ziemlich sauer, weil er ihnen eine kleine Party versprochen hatte.»

«Machst du dir Sorgen, Mama?»

Einen kurzen Moment war es still. Wencke konnte förmlich spüren, wie ihre Mutter sich überwinden musste, etwas zu sagen.

«Schatz, ich weiß, ich habe dich und deine Arbeit bei der Polizei mehr als einmal durch den Kakao gezogen, das tut mir auch Leid, aber ...»

«Ja?»

«... könntest du deine Kollegen nicht ein bisschen dazu verleiten, der Sache auf den Grund zu gehen? Ich weiß, du fliegst heute mit Ansgar in den Urlaub, aber dir wird doch sicher ein Polizist einfallen, der sich dieser Sache ein wenig annehmen könnte. Du bist doch sozusagen die Chefin.»

Wencke ließ diese Sätze auf sich herabrieseln wie eine erfrischende Dusche an einem so warmen Tag wie heute. Ihre

Mutter hatte eben, wenn auch durch die Blume, eine gehörige Portion Anerkennung durch den Telefonhörer geschickt. Diesen Tag würde sie sich merken. Sie hatte keinen Terminkalender, sonst hätte sie heute ein rotes Kreuzchen hineingemalt. Dann würde sie auch nie wieder den Geburtstag ihres großen Bruders vergessen. Vielleicht sollte sie sich sogar zu diesem Anlass endlich einmal einen dieser ledergebundenen Multifunktionsorganizer anschaffen, so einen in der Art, wie Kollege Britzke ihn besaß, mit Taschenrechner und Zyklustabelle nach der Knaus-Ogino-Methode. Diese Genugtuung, auf die Wencke schon lange vergeblich wartete, hatte nichts mit einem unvollendeten Abnabelungsprozess oder irgendetwas Diffus-Psychologischem zu tun. Es war nur einfach so, dass ihr seit dem Tag, an dem sie sich bei der Polizeischule angemeldet hatte, die heimische Künstlerfamilie immer unterschwellig vorwurfsvoll und verständnislos in die Augen blickte. Und heute war endlich der Tag, an dem ihre Mutter zugegeben hatte, dass man mit Meditation und extrovertierter Malerei keine wirklichen Probleme lösen konnte. Jetzt brauchten sie sie: Wencke.

«Ja, ich bin die Leiterin der Mordkommission Aurich, Mama, seit gut einem Jahr. Ich hatte schon gedacht, das würde nie so richtig zu dir vordringen.»

«Tut mir Leid, mein Kind, ich kann manchmal ganz schön verletzend sein, ich weiß. Aber ich möchte dich noch einmal bitten, Wencke, deine Kollegen sollten unbedingt nach Jasper Ausschau halten.»

«Also, so ganz nachvollziehen kann ich deine Sorge aber nicht, Mama. Lass meinen großen Bruder doch mal für ein paar Tage verschwinden. Du müsstest ihn doch eigentlich kennen, er ist doch so, wie ihr euch einen Sohn immer gewünscht habt: ein wenig unkonventionell, ein Lebenskünstler. Nicht zuverlässig, aber schöngeistig. Komm ich heute nicht, komm ich morgen.»

«Es ist mir Ernst, Wencke.»

«Das habe ich vermutet. Sonst hättest du dich wohl kaum an deine Beamtentochter gewandt.»

Doch ihre Mutter ignorierte diese kleinen Stiche, die Wencke ihr nun einfach versetzen musste, weil sie den Triumph auf ihre Art genießen wollte.

«Rika hat mir etwas erzählt. Es gab Ärger auf Norderney. Ziemlichen Ärger, an dem Jasper wohl nicht ganz unschuldig ist. Was es genau ist, wusste selbst Rika nicht, sie machte sich nur die allergrößten Sorgen, hat sogar geweint am Telefon, und du weißt selbst, dass sie kein Sensibelchen ist. Sie hat mich übrigens auch gebeten, dich einzuschalten. Sie sagte, wir sollten uns unbedingt nach einem Veit Konstantin erkundigen, der hatte anscheinend etwas gegen …»

Ein Auto hupte unten vor dem Haus. Wencke hatte es vorhin schon mit halbem Ohr wahrgenommen, jetzt wurde ihr klar, dass Ansgar wahrscheinlich ungeduldig im Wagen saß und nicht ausstieg, weil er niemals in zweiter Reihe parkte und vor ihrer Tür selten ein Parkplatz frei war. So träge Wenckes Gedankenfluss noch vor einer halben Stunde dahingeplätschert war, so gewaltig rauschte jetzt eine Idee in ihrem Kopf, als wäre im Hirn ein Staudamm gebrochen.

«Mama, mach dir keine Sorgen mehr. Ich werde mich selbst darum kümmern.»

Ein seltsamer Laut drang an ihr Ohr, war es ein erleichtertes Schluchzen oder ein unterdrücktes Erstaunen? «Aber Wencke, du wolltest doch mit Ansgar auf die Kanaren!»

«Solange ich nicht weiß, ob meinem Bruder etwas zugestoßen ist, fahre ich nicht in den Urlaub. So bin ich nun mal, Mama. Mit Haut und Haar Polizistin. Wenn ich von dir höre, dass du dir Sorgen machst, weil er verschwunden ist, dann packe ich selbstverständlich meine Koffer und fahre nach Norderney.»

Und dieses Mal war sie sich sicher, ein leises, gerührtes Zittern in der Stimme ihrer Mutter zu vernehmen.

«Gott sei Dank, Wencke. Und denk an diesen Veit Konstantin. Meine Güte, bin ich froh.»

Ich auch, dachte Wencke.

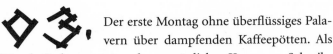 **03.** Der erste Montag ohne überflüssiges Palavern über dampfenden Kaffeepötten. Als Wencke Tydmers gestern den persönlichen Kram vom Schreibtisch weggepackt und, die Jeansjacke um die Hüfte gebunden, strahlender Laune das Polizeipräsidium verlassen hatte, musste Axel Sanders sich richtig zusammenreißen, um nicht sofort die Sekretärin zu beauftragen, seine Akten und Unterlagen hinüberzuräumen.

Doch nun saß er da, hatte endlich mal ein Büro für sich allein und einen Stuhl unterm Hintern, der zu ihm passte. Aus Leder und zum Drehen, mit verstellbarem Sitz und federnder Rückenlehne, eigentlich viel zu groß für die kleine, zierliche Person, die ihn normalerweise in Beschlag nahm. Wenn Wencke Tydmers ihn zu sich ins Zimmer kommen ließ, was selten geschah, da sie meist selbst kam, wenn sie etwas wollte, wenn sie da also in dem Zimmer saß, auf dessen Tür *Hauptkommissarin Wencke Tydmers* stand, dann wirkte sie eigentlich ein wenig verloren. Sanders hatte schon mal mit Britzke darüber reden wollen, doch der schien es anders zu sehen. Aber der hatte ja auch jahrelang an Wenckes Seite gearbeitet und war somit befangen.

Es war knapp gewesen, damals vor einem dreiviertel Jahr, als die Entscheidung fiel, welcher Name auf diesem Schild stehen würde: *Axel Sanders* oder *Wencke Tydmers*. Und er erinnerte sich noch allzu gut an die Rede, die der Polizeipräsident am Tag der Beförderung geschwungen hatte: «Wir alle wissen, Frau Tydmers ist vielleicht nicht so, wie man sich eine Kommissarin aus dem Lehrbuch vorstellt, sie ist nicht immer pünktlich und – wie mir ihr langjähriger Assistent Meint Britzke verraten hat – auch nicht besonders ordentlich, wenn es um die bürokratische Seite unseres Berufes geht ...» Und an dieser Stelle hatten alle Kollegen gut gelaunt und herzlich gelacht, alle außer Axel Sanders, denn er fand es eigentlich nicht besonders witzig.

«Aber Wencke Tydmers hat dieses Team auf eine ganz andere Art und Weise bereichert: Sie ist engagiert, kollegial und verfügt über die außergewöhnlich erfolgreiche Gabe, zwischen den Zeilen zu lesen, manche nennen es weibliche Intuition. Egal, wie es heißen mag, es ist selten und es ist der Grund, weshalb wir sie heute zur Leiterin der Auricher Mordkommission ernennen.» Und dann gab es Applaus und Händeschütteln und Blumen und Sekt. Und Wencke Tydmers hatte an diesem Tag noch schöner ausgesehen, als sie es ohnehin schon war. Es hatte Axel Sanders einen zusätzlichen Stich versetzt, denn sie war doch eigentlich gar nicht sein Typ. Sie war zu klein, zu lässig gekleidet, zu vorlaut sowieso. Und er dachte trotzdem viel zu oft an sie. An ihren hellen Kopf, dem Gedanken entschlüpften, die ihm selbst nie kommen würden. An den Moment, als er ihr zur Beförderung gratulierte und eine Rose überreichte, keine rote, um Himmels willen. Eine einzelne gelbe Rose als Symbol ihrer Versöhnung nach dem Kampf um den Stuhl aus Leder, als Zeichen, dass er ihr die Beförderung durchaus gönnte, wenn auch mit leichtem Sodbrennen. Und sie hatte ihn angesehen, vielleicht sogar in ihn hinein, jedenfalls hatte sie sofort verstanden, dass diese Rose ohne weiteres auch rot hätte sein können. Er war froh, dass sie nun eine Zeit lang nicht da war. Nicht nur sie brauchte Urlaub, auch ihm würden sie gut tun, zwei Wochen ohne dieses unerwünschte Herzklopfen im Büro.

Und in diesen zwei Wochen würde er als Wenckes Vertreter sein Können unter Beweis stellen. In seinem letzten Urlaub hatte er auf Menorca ein Seminar für Teamfähigkeit und Führungsqualitäten besucht. Am ersten Abend hatten sie ein paar

Rollenspiele gemacht, nicht irgendwelches Laientheater, sondern außergewöhnliche Situationstests, die das bereits vorhandene Potenzial auf die Probe stellten. Sein Ergebnis war niederschmetternd gewesen und er hatte sogar kurzfristig überlegt, den Lehrgang zu schmeißen, da er sich falsch verstanden fühlte. Doch dann hatte sein Ehrgeiz gesiegt, und siehe da, hartes Extremtraining, schweißtreibende Strategieperformances und knallharte Individualdiagnosen hatten aus ihm in nur acht Tagen einen neuen Menschen gemacht. Es hatte viel Geld gekostet, und er bekam diesen Kurs nicht als Weiterbildungsmaßnahme anerkannt, weil das verknöcherte Polizeisystem noch nie etwas von dieser bahnbrechenden Methode gehört hatte, was typisch war. Doch er hatte diese Tage auf Menorca noch nicht einmal bereut, auch wenn er dort drei Kilo abgenommen hatte und trotz des Sonnenscheins kreidebleich nach Hause gekommen war. Denn seitdem konnte er die Fehler seiner Chefin mit Röntgenblick entlarven. Fehler, die im Team vielleicht noch gar nicht aufgefallen waren, die niemanden störten, die aber auf lange Sicht der gesamten Mordkommission erheblich schaden konnten. Fehler, die Wencke Tydmers so beliebt machten, weil sie aus menschlichen Schwächen resultierten.

Er behielt sie im Blick. Er wollte ihr nicht wirklich schaden, beileibe nicht. Vielleicht half es ihr sogar, wenn er hier erst einmal richtig aufräumte. Vor allem dieses so genannte Meeting am Montagmorgen, wenn sie alle fast schweigend über ihren Kaffeepötten saßen, war in Axel Sanders' Augen ein fatales Ausleben der mangelnden Motivation am Wochenanfang. Deswegen hatte er es heute Morgen anders gemacht. Statt Kaffee klare Anweisungen: «Greven und Strothmann, Sie tragen nochmal alles Wissenswerte über den Betrunkenen im Hager Kiesteich zusammen und übergeben die Unterlagen umgehend der

Staatsanwaltschaft mit Antrag auf Einstellung des Verfahrens. Gut, das ist jede Menge Schreibarbeit, ich weiß, aber je eher Sie damit beginnen, desto schneller liegt der Fall bei den Akten.» Die ersten bösen Blicke trafen ihn, doch er ignorierte sie, wandte sich stattdessen den anderen zu. «Blomberg und Muttge, besuchen Sie noch einmal den Feuerwehrhauptmann in Norden, diesen Hittekamp, befragen Sie ihn erneut wegen des Stallbrandes in Großheide. Wir sollten schon ausschließen können, dass es Brandstiftung und eventuell versuchter Totschlag war.»

Die schlechte Laune war seinen Leuten ins Gesicht geschrieben. Dafür befand sich die seine auf einem ersten Höhepunkt, er erwartete in den nächsten vierzehn Tagen noch einige dieser kurzen Momente vollkommener Selbstzufriedenheit.

Endlich war es so weit: Das Telefon klingelte, und er konnte abnehmen und sich mit «Polizeipräsidium Aurich, Leitung der Mordkommission, Axel Sanders» melden.

«Hallo, bin ich da richtig? Man hatte mir gesagt, dass ich mit einer Hauptkommissarin Tydmers verbunden würde.»

Eine junge, etwas fiepsige Frauenstimme, sicher ein privater Anruf für Wencke Tydmers, aber so etwas würde es bei ihm nicht geben.

«Bedaure, Frau Tydmers ist mit ihrem Schatz auf die Kanaren geflogen. Sonne, Strand und Meer, Sie verstehen?»

Die Frau am anderen Ende zögerte kurz. «Sind Sie die Vertretung?»

«So ist es. Und mit wem habe ich das Vergnügen?» Gleich legt sie beschämt auf, dachte Sanders.

«Hier ist die Polizeidienststelle Norderney, Kommissarin Lütten-Rass. Es geht um einen Todesfall hier auf der Insel, wahrscheinlich Selbstmord.»

Sanders spürte, wie ihm der Schweiß am Hemdkragen emporkroch, es war aber auch wirklich heiß heute und das Büro hatte keine Klimaanlage. «Aha», sagte er nur knapp, weil ihm für mehr Worte einfach zu warm war.

«Man hat noch versucht, zu reanimieren. Sprung von der Sonnenterrasse der Maritim-Klinik, da war jede Menge Fachpersonal zur Stelle. Die inneren Verletzungen waren aber zu schwer, der Tod ist gegen Mitternacht eingetreten.»

«Soso, dann müssen wir wohl mal jemanden auf die Insel schicken. Ich werde zwei Kollegen für Sie abstellen, in Ordnung?»

Die fast kindlich hohe Stimme bekam einen aufgeregten Unterton, es sollte wohl wütend klingen, kam aber eher hysterisch in Sanders' Ohr an. «Nun seien Sie mal nicht so gönnerhaft, werter Kollege. Mir ist schon klar, dass niemand sich darum reißt, auf die Insel zu kommen. Aber wie gesagt: Wir haben hier eine Leiche, und wir müssen schnell klären, wie die Person zu Tode gekommen ist, weil uns sonst nämlich die Kurgäste und die Vermieter aufs Dach steigen. Wir haben Hochsaison, da können wir absolut keine Toten gebrauchen. Verstanden?»

Sanders lachte leise und drehte den Hörer zur Seite, damit die kleine Piepsmaus auf Norderney seinen Spott nicht mitbekam. «Verstanden!»

«Sie können die Insel heute noch wieder verlassen, die letzte Fähre geht erst abends um elf. Ihre Leute werden gar nicht merken, dass sie auf einer Insel sind, versprochen. Aber ich bitte Sie, kommen Sie so bald wie möglich, am besten schon mit dem Schiff ab Norddeich um 13.30 Uhr. Ist das möglich?»

«Ich denke schon», sagte Sanders. «Sagen Sie noch, wer ist denn zu Tode gekommen? Ein Kurgast, ein Insulaner? Jung oder alt? Männlich oder weiblich? Solche Informationen sollten Sie der Mordkommission beim nächsten Mal direkt am Anfang des Gespräches und ohne Nachfrage mitteilen, junges

Fräulein, damit wir uns hier ein Bild machen können, was uns erwartet.»

Er hörte die Kollegin nach Luft schnappen und hielt sein Ohr ein wenig auf Abstand, falls sie vorhatte, in dieser Stimmlage gleich loszuschreien. Doch sie blieb ruhig. «Insulaner, jung, weiblich. Der Name der Toten ist Leefke Konstantin, sie war erst vierzehn. Reicht das?»

Sanders fehlten für einen kurzen Augenblick die Worte.

04.

Im Prinzip hatte Wencke die Konfrontation nur hinausgezögert. Ansgar war nun sicher schon am Flughafen. Und sie stand in Norddeich am Fähranleger und wartete inmitten einer Menschentraube darauf, dass die große weiße Fähre ihre Passagiere von Bord gehen ließ, damit sie mit der kleinen Tasche in der Hand – viel hatte sie nicht mitgenommen – das Schiff um halb zwei nach Norderney nehmen konnte.

«Es tut mir wirklich Leid, Ansgar. Meine Mutter hat mich geradezu angefleht, dass ich selbst auf die Insel gehe und nach dem Rechten schaue. Es wird sicher nicht lange dauern, mein Bruder taucht wahrscheinlich heute noch unversehrt auf, und dann komme ich nach.» Feige, feige, feige war sie gewesen. Aber sie hatte weder die Zeit noch die Lust gehabt, mit Ansgar ein Gespräch über Gefühle und Beziehungen zu führen, womöglich noch in seinem Wagen auf der Straße vor ihrem Haus. Und ganz aus der Luft gegriffen war die Geschichte ja nicht, die sie ihm nun aufgetischt hatte. Ihr Gewissen hatte sich jedenfalls noch nicht bei ihr gemeldet.

«Liebe Passagiere, aufgrund eines technischen Defektes müssen wir Sie leider bitten, die hier liegende *Frisia V* nicht zu betreten. Die Abfahrt nach Norderney wird sich um voraussichtlich eine halbe Stunde verzögern und vom Juistanleger am rechten Ende des Molenkopfes abgehen. Wir bitten Sie um Verständnis.»

Die Lautsprecherdurchsage wurde noch ein paarmal wiederholt, sie schallte blechern aus jeder Ecke des gesamten Hafenbereichs, doch man konnte kaum noch ein Wort verstehen, da die Menschen in ein hektisches, aufgeregtes Schimpfen verfallen waren.

«Das fängt ja gut an ...»

«Unverschämtheit!»

«Was die einem hier so alles zumuten …»

Wencke machte sich nichts daraus. Sie schlenderte mit der Tasche direkt an der Kaimauer entlang in die Richtung, in der sich der geschäftige Hafen mit einem schmalen Schlauch aus Steinwällen in das Meer erstreckte. Ständig fuhren Autos im Kreis herum, in einigen saßen Familien zwischen ihrem Reiseproviant, in den anderen, den nicht ganz legal umgerüsteten Golf GTIs und röhrenden 3er BMWs, schaukelten stoppelhaarige Führerscheinneulinge mit ihren dauergewellten Beifahrerinnen zu basslastigem Lärm von der umgebauten Rückbank.

Die «Molenheizer» wurden sie bei den Kollegen in Norden genannt, erinnerte sich Wencke und grinste. Es roch mehr nach Abgasen als nach Wattenmeer. Für einen kurzen Augenblick schlich sich ein kleiner Funken Vorfreude auf die Insel in Wenckes Herz.

Sie hatte Jasper noch nie besucht. Er wohnte nun schon seit drei Jahren dort, aber ihr Verhältnis war nicht so innig, dass sie ihn unbedingt auf Norderney hätte besuchen müssen. Zumal seine Freundin Rika nicht gerade zu ihren Busenfreundinnen zählte. Sie arbeitete als Krankenschwester in einer dieser riesigen Inselkliniken, ob sie nun Oberschwester war, wusste Wencke nicht genau, doch ihr resolutes Auftreten und dieser «Wie geht es uns denn heute»-Ton hätten Rika auf jeden Fall für diesen Job qualifiziert. Rika war es auch, die Wenckes Bruder zu einem Insulaner umgeschult hatte. Doch er profitierte davon, Jasper war Fotograf, aber eigentlich hatte sich noch nie jemand für seine Bilder interessiert. Bis er nach Norderney kam und Dünen, Strand und Himmel ablichtete. Jetzt produzierte er Postkarten, Prospektaufnahmen und Inselkalender und verdiente so gut wie nie zuvor in seinem Leben. Wencke freute sich schon ein wenig für ihn. Und Wenckes Mutter war mächtig stolz.

Auf Jasper war sie schon immer stolz gewesen. Schon damals, als sie mit der ganzen Familie in der Schule antanzen mussten, weil Jasper die Wände im Flur mit Graffiti besprüht hatte. Statt kleinlaut den Schaden über die Haftpflichtversicherung abzuwickeln, fotografierte ihre Mutter die Schmierereien und verewigte sie vergrößert und eingerahmt im Hausflur, wo bei anderen Eltern immer die Einschulungsfotos hingen.

Wencke hatte als Teenie ihren Bruder diskret, aber innig gehasst. Er hatte diese Manier, jedem seine unkonventionelle Art aufzuzwingen: Mitte der Achtziger zelebrierte er eine öffentliche Verbrennung ihres lebensgroßen *Bravo*-Starschnittes von Duran-Duran im Garten, er hatte sogar Freunde aus seiner Schauspielgruppe dazu eingeladen. Und bei ihrer Abiturfeier, kurz bevor sie vom Schuldirektor das Zeugnis überreicht bekam, war er auf die Aulabühne gesprungen und hatte ins Mikrophon gerülpst. Sie hatte ihn damals regelmäßig zum Teufel gewünscht.

Als sie jedoch jetzt daran dachte, sie saß inzwischen auf den Stufen am Molenkopf und sah in der Ferne die Häuser von Norderney, da spürte sie ein kleines, warmes Stück Blutsverwandtschaft aus ihrem Herz herauswachsen. Heute wurde er vierzig, ihr Bruder Jasper, der verrückte Kerl. Sie hatte mit einem Mal riesige Lust, ihn heute ganz fest in die Arme zu nehmen und mit ihm anzustoßen auf die vergangenen Tage, die zu schade zum Vergessen waren.

«Kling-klang-klong», dröhnte es aus den trichterförmigen Lautsprechern über ihr. «Liebe Fahrgäste nach Norderney, die *Frisia I* nach Norderney wird in wenigen Minuten ablegen. Bitte beachten Sie, dass wir keine PKWs mehr aufladen können. Die nächste Abfahrt geht in einer halben Stunde wieder ab dem Norderneyanleger.»

Wencke hatte tatsächlich die Zeit vergessen. Der Blick auf

das Wattenmeer und die Inseln am Horizont, dazu ein weicher, streichelnder Wind und die Augustsonne auf der Haut, da könnte so etwas passieren. Sie erhob sich von der Treppe und ging die wenigen Schritte zur Fähre etwas schneller, als es ihrer Urlaubsstimmung entsprach. Die schimpfenden Menschenmassen waren anscheinend bereits alle an Bord, die *Frisia I* war zwar riesig, aber trotzdem nahezu überfüllt. Grauhaarige Rentnerinnen in kreischbunten Blusen aßen Bockwurst im Stehen. Eine überforderte Zwillingsmutter machte gerade ihren Zeitung lesenden Ehemann zur Schnecke: «Nun tu du auch mal was, dafür fahre ich nicht in die Ferien, dass ich mich weiterhin um alles allein kümmern soll.» Recht hatte sie, fand Wencke. Dann setzte sie sich in der kargen Eingangshalle auf den genoppten Fußboden und rauchte eine Zigarette. Endlich Urlaub!

05. «Wo ist denn das Wasser?» Axel Sanders ärgerte sich. Erstens hatte er seinen Kollegen so viel Arbeit aufgehalst, dass er nun selbst nach Norderney übersetzen musste. Zweitens hatte die Reederei einen riesigen Aufstand in Norddeich veranstaltet wegen eines technischen Defektes, der sich auf Anfrage bei dem zuständigen Fahrdienstleiter lediglich als verstopfte und ein wenig übergelaufene Damentoilette herausstellte. Diese Lächerlichkeit hatte ihn und Britzke eine halbe Stunde Zeit gekostet, die sie unter unzumutbaren Bedingungen am Hafen verbringen mussten. Sanders hatte sich bereits den Text für die schriftliche Beschwerde zurechtgelegt. Und drittens hatte er im unteren Salon keinen Sitzplatz mehr bekommen, obwohl er eigentlich vorgehabt hatte, eine Kleinigkeit zu essen. Stattdessen stand er nun auf dem Schiffsdeck zwischen voll gepackten Autos und starrte auf den Schlick links und rechts der Fahrrinne.

«Norderney kann man auch bei Niedrigwasser anlaufen. Und zur Zeit haben wir gerade Niedrigwasser», meinte Britzke wieder mit seinem Allgemeinwissen.

«Meine Güte, das riecht aber.»

«Wattenmeer eben!» Der Kollege hatte es gut. Seine Frau hatte ihm heute Morgen ein belegtes Brötchen zum Mittagessen eingepackt, Salami und Käse, ein Salatblatt dazwischen, es sah appetitlich aus.

Er hatte weder Frau noch Stulle, da er es normalerweise vorzog, in der Mittagspause allein in einem Auricher Bistro zu speisen. Niemand hätte auch nur ahnen können, dass er heute bis spät in die Nacht auf der Insel zu tun hatte. Sein Magen knurrte, leider nicht laut genug, dass Britzke es trotz der Schiffsmotoren hören konnte und ihm vielleicht etwas abgegeben hätte. Andererseits war er eventuell auch noch sauer wegen des abgeblasenen Montagmorgenkaffees und hätte ihn lieber verhungern lassen.

Hätte er dieses verdammte Meeting nicht sausen lassen, dann wäre der Anruf in ihr morgendliches Miteinander hineingeplatzt und er hätte diesen Inselaufenthalt Greven und Strothmann oder sonst wem in den Magen drücken können. O ja, Axel Sanders ärgerte sich wirklich.

Der einzige Lichtblick war die Publicity, die der Tod eines jungen Mädchens zweifelsohne mit sich brachte. Er würde als derzeitiger Leiter der zuständigen Mordkommission sicherlich auch eine Zeile in der Lokalpresse wert sein. Aber da der Sturz vom Klinikdach allem Anschein nach sowieso nur ein Selbstmord war, verebbte das öffentliche Interesse an dieser Sache mit Sicherheit schnell.

Die Fähre schien bereits fast die Insel erreicht zu haben, Sanders erkannte den bevölkerten Badestrand und winkende Leute auf der steinernen Promenade. Kurz vor Tuchfühlung bogen sie rechts ab.

«Ist rechts jetzt Steuerbord oder Backbord?», fragte er Britzke, der so etwas immer wusste.

«Ist das irgendwie wichtig in unserem Fall?», entgegnete dieser mit vollem Mund. Sein Kollege war also tatsächlich noch wütend. Nachtragender, kleinkarierter Familienvater.

Der Lautsprecher informierte: «Wir werden in wenigen Minuten im Hafen von Norderney festmachen. Bitte gehen Sie nur unten in der Eingangshalle von Bord und halten Sie beim Verlassen des Schiffes Ihre Norderneycard bereit. Alle Mitreisenden mit PKW werden gebeten, sich umgehend zu ihren Fahrzeugen zu begeben und beim Verlassen der Fähre den Anweisungen unseres Personals Folge zu leisten. Wir wünschen Ihnen einen angenehmen Inselaufenthalt und erinnern Sie daran, dass montags keine 23-Uhr-Abfahrt stattfindet. Die letzte Fähre nach Norddeich verlässt also bereits um 18.30 Uhr die Insel.»

«Na toll», motzte Britzke ihn an. «Hatten Sie mir nicht eine Nacht im heimischen Bett garantiert?»

«Vielleicht sind wir bis dahin ja mit unserer Arbeit durch.»

«Na, Sie sind ja sehr optimistisch. Mit unserer Verspätung sind wir jetzt erst gegen 14.45 Uhr auf der Insel, bis wir am Tatort sind, ist wieder eine halbe Stunde vergangen. Und wenn wir bis 18 Uhr nicht wieder zum Hafen aufbrechen, dann verpassen wir das Schiff sowieso. Dazwischen Vernehmungen der Eltern und Freunde, was ohnehin immer sehr mühsam ist, gegebenenfalls Tatverdächtige besuchen und so weiter. Und nun sagen Sie mir mal, wie wir in weniger als drei Stunden unseren Job erledigen sollen, Sie Witzbold.»

Täuschte er sich, oder war Britzke ihm gegenüber schon einmal respektvoller aufgetreten? Als er, Axel Sanders, noch als Favorit für den Chefsessel in Aurich gehandelt wurde, da war ihm dieser schnauzbärtige Niemand bewundernd um die Füße gestrichen. Wencke Tydmers hatte in ihrer Abteilung ganz neue Saiten aufgezogen, und dabei war allem Anschein nach auch ein vernünftiger Umgangston flöten gegangen. «Vielleicht hat unsere Norderneyer Kollegin ja schon das Wichtigste erledigt», beschwichtigte er, glaubte seinen eigenen Worten allerdings kaum.

«Kennen Sie sie denn?»

Sanders war dieser Person niemals begegnet, doch er hatte sich bereits am Telefon sein Bild von ihr gemacht. «Na ja, Kommissarin Lütten-Rass, so 'ne Kleine, Zierliche. Sie wird uns gleich vom Hafen abholen. Dann werden Sie sie kennen lernen, Britzke.»

Die Fähre bog erneut ab, diesmal nach links, Backbord oder Steuerbord eben, und der Hafen tauchte vor ihnen auf. Sanders meinte fast, er wäre wieder in Norddeich angekommen. So hatte er sich einen Inselhafen nicht vorgestellt: Taxen, Busse, Menschenmassen. Er kannte nur Juist, wo man direkt ankam und das Gefühl hatte, die Zeit sei stehen geblieben. Hier hatte die Zukunft bereits begonnen. Das Schiff legte routiniert und ohne einen Ruck an, die Motoren der Autos jaulten auf, und ehe er sich versah, war das Schiffsdeck wie leer gefegt. «Na, das geht doch schon hier ein rasantes Tempo an, Britzke. Nun machen Sie sich mal keine Sorgen, heute Abend sind wir wieder auf dem sicheren Festland.»

Sie gingen die Autorampe hinauf. Die Ebbe hatte das Schiff wie in einer kleinen Kuhle verschwinden lassen. Erst nach und nach konnte er den Hafen überblicken. Ein paar Meter weiter ragten leuchtend bemalte Seetonnen wie ein kleiner, signalfarbener Wald in die Höhe, an der Kaiseite gegenüber nahm gerade ein altes, hölzernes Segelschiff seine Fahrt Richtung See auf. Die junge, ein wenig ungewaschen wirkende Besatzung winkte beiläufig den an Land Zurückgebliebenen zu, und ein zotteliger Mischlingshund kläffte schallend von der vorderen Bootsspitze, war das jetzt Bug oder Heck?

Am Ende der asphaltierten Rampe stand ein Streifenwagen. Als sie näher kamen, öffnete die Frau hinterm Steuer die Autotür, stieg aus und kam auf sie zu.

«Soso, Sie sagten also, Sie kennen unsere Kollegin. Klein und zierlich, hmm?»

Sanders war eins neunzig groß und schaute der massigen Frau direkt in die Augen. «Schön, dass Sie da sind. Jutta Lütten-Rass, wir haben telefoniert», fiepste sie.

Sanders schluckte und schaute weg. Ein kurzer Ruck ging durch seinen Körper: Wenn er nicht genau gewusst hätte, dass Wencke Tydmers heute Mittag auf die Kanaren fliegen wollte, dann hätte er schwören können, sie eben für einen kurzen Augenblick von hinten gesehen zu haben. Wenckes jungenhafte, etwas nachlässig gekleidete und ihm so unangenehm vertraut gewordene Gestalt am Norderneyer Hafen? Aber das konnte schließlich nicht sein.

«Was ist los, Kollege? Schon 'nen Inselkoller?» Die dicke Uniformierte quetschte sich hinter das Lenkrad, Sanders setzte sich mit Britzke auf die Rückbank. Es ging ihm irgendwie gar nicht gut.

Pinki saß in dem kleinen, quadratischen Raum und nagte sich den Lack von den Nägeln. Sie war schon einmal hier gewesen, als man sie im Drogeriemarkt erwischt hatte, wie sie sich einen neonfarbenen Lippenstift in die Tasche gesteckt hatte. Damals war Leefke dabei gewesen.

Nun war Leefke tot.

Ihre Mutter hatte sie heute Morgen damit geweckt. Die letzte Woche Sommerferien, sie hatte ausschlafen wollen, in den Tag hineindösen, bis es Mittagessen gab. Doch ihre Mutter war ins Zimmer gekommen, hatte sich an ihr Bett gesetzt und ihr über die Haare gestreichelt. Schon da hatte sie geahnt, dass etwas nicht stimmte.

«Leefke ist tot. Sie hat sich letzte Nacht zu Tode gestürzt.»

Fast im selben Moment schon hatte Pinki geschrien. Die Mutter hatte sie fest in den Arm genommen. «Nicht so laut, mein Schatz, denk doch an die Gäste.» So war dieser plötzliche Schock, diese Trauer, im T-Shirt der Mutter erstickt worden.

Geheult hatte sie später, das war dann auch nicht mehr so laut. Nur die Wimperntusche hatte es weggespült, und sie hatte sich mit dem Gesicht kaum auf die Straße getraut. Doch was hätte die Menschen, die sie kannten, mehr gestört? Verweinte Augen oder ein makelloses Make-up? Ihre beste Freundin war tot.

Und sie hatten sich gestritten, gestern Abend noch, *Viva* geschaut und sich dabei in die Haare gekriegt. Wegen dieser Sache mit Jasper. Mal wieder.

«Lass es, Leefke. Behalt es für dich. Wenn du es jemandem erzählst, gibt es nur noch mehr Ärger.»

«Na und? Ist mir egal! Die Klappe haben wir lang genug gehalten.»

Klar war sie ein wenig eifersüchtig auf ihre Freundin gewesen. Aber das war es nicht, was sie so wütend gemacht hatte. Eigentlich war es eher die Angst, dass sie alle dran waren, wenn Leefke nicht schwieg.

Und als Leefke ging, hatte sie ihr hinterhergerufen: «Pass auf, Leefke Konstantin. Ich schwöre dir, unsere Freundschaft ist tot, wenn du es tust.»

Sie hatte ihre beste Freundin mit dieser irrsinnigen Wut von sich weggestoßen. Die Enge in Pinkis Hals zerriss in einem schmerzenden Schluchzen.

Der Polizist ihr gegenüber hörte auf, wie verrückt auf die Tastatur des PC zu hämmern. Er hatte Tetris gespielt, seit einer halben Stunde schon. Pinki kannte ihn vom Sehen. Er war wohl die Saisonverstärkung und sah eigentlich ganz süß aus. Aber mit ihren roten Augen hatte sie bestimmt sowieso schon bei ihm verschissen.

«Mädel, kann ich dir irgendetwas Gutes tun?»

Sie brachte nur ein klägliches Kopfschütteln zustande.

«Die Kripo vom Festland ist sicher gleich da. Das Warten ist oft das Schlimmste.»

Sie versuchte sich zusammenzureißen. «Kannst du mir nicht die Fragen stellen?» Mist, ihre Stimme klang quäkend und albern. Er fand sie sicher lächerlich.

«Tut mir Leid. Wir haben da so unsere Dienstwege. Und mich haben sie heute nur zum Getränkeholen für dich abgestellt. Willst du 'ne Cola?»

Sie nickte, um nicht wieder so peinliche Töne von sich zu geben.

Als er das Zimmer verlassen hatte, schaute sie sich um. Es war kein Spiegel im Raum, das Einzige, was sich für ihre Zwecke eignete, war der silberne Papierkorb unterm Schreibtisch. Sie hockte sich davor und wischte mit dem Handrücken die zerlaufene Farbe von den Augen. In ihrer kleinen, fransigen Handtasche hatte sie zum Glück den Abdeckpuder dabei. Schnell tupfte sie den Schwamm über die brennende Haut ihrer Wangen. Dann öffnete sich die Tür, sie kniete immer noch vor dem Abfalleimer. Wie peinlich. Hastig zog sie sich wieder am Stuhl empor. Sie versuchte, sich nichts anmerken zu lassen.

Der Typ reichte ihr eine kalte Dose. Was er wohl trug, wenn er nicht diese geschmacklosen Polizistenhemden anhatte? Er lächelte.

«Ist schon gut. Das braucht dir nicht unangenehm zu sein. Ich kann mir gut vorstellen, wie mies du dich fühlst.»

Warum musste er gerade so etwas sagen. Sie fühlte sich wie ein kleines Kind. «Hör zu, ich werde bald sechzehn.» Warum sie das sagte, wusste sie selbst nicht genau.

Zum Glück spielte er weiter. Sie schaute aus dem Fenster. Die Maritim-Klinik versperrte ein paar Schritte weiter groß und dunkel den Blick auf das Meer. Der eckige, moderne Kasten mit verspiegelten Fenstern und sandfarbenem Stein breitete sich klobig zwischen vereinzelten Dünengräsern aus. Da arbeitete Jaspers Frau. Was die wohl gerade machte?

Sie fand noch einen Rest Nagellack am kleinen Finger.

Endlich ging die Tür auf. Die dicke Qualle in Uniform und zwei Fremde kamen herein und lächelten ihr aufmunternd zu, wie Lehrer, wenn es Zeugnisse gab.

«Tut uns Leid, die Verspätung, Pinki. Die Fähre hat getrödelt, und dann musste ich meinen Kollegen hier auch erst den Tatort zeigen. Aber jetzt sind wir da, und wir sind froh, dass du auf uns gewartet hast.»

Alle drei nahmen auf der braunen Couch hinter ihr Platz, sie drehte sich mit dem Bürostuhl zu ihnen um und ließ sich nicht anmerken, dass ihr das Herz bis zum Hals schlug.

«Hallo Kleine», sagte der Größere von den beiden Fremden, und schon war er bei ihr unten durch. «Mein Name ist Axel Sanders, ich leite zur Zeit die Auricher Mordkommission. Der Mann hier heißt Meint Britzke, er ist sozusagen mein Assistent. Und wie heißt du?»

«Pinki.»

Er tat ein wenig so, als müsse er husten. «Ich bin ja nicht von hier und kenne mich mit den eigenartigen ostfriesischen Namen nicht so gut aus. Aber Pinki, denke ich, ist nicht dein richtiger Name, stimmt's?»

«Rosa Grendel.»

«Ach so, Rosa gleich Pinki? Clever, clever! Pinki, hast du schon einmal einen Krimi im Fernsehen angeschaut?»

Meine Güte, war der schrecklich. Sie überlegte sogar einen kurzen Augenblick, ob sie überhaupt nicken sollte.

«Gut, dann weißt du ja ein klein wenig von unserer Arbeit. Wir sind hier, um dich zu deiner Freundin Leefke Konstantin zu befragen. Wir müssen uns nämlich ein Bild davon machen, wie und warum das letzte Nacht mit ihr geschehen ist.»

«Aber sie hat sich doch selbst umgebracht», platzte es aus ihr heraus.

Der Schleimer lächelte. «Da weißt du aber mehr als wir, denn die Polizei muss solchen Dingen genau auf den Grund gehen, damit wir auch ja nichts übersehen, was wichtig sein könnte.»

«Wollen Sie damit sagen, Sie könnte auch gestoßen worden sein?»

«Na, du bist aber eine ganz Aufgeweckte!»

«Ich bin nur nicht blöd!», konterte sie und sah aus den Augenwinkeln, dass der Süße am Computer leise lachte.

«Das habe ich auch nie von dir gedacht, mein Kind. Aber was meinst du denn? Hatte deine Freundin Kummer? Liebeskummer vielleicht? Oder fällt dir jemand ein, vor dem sie vielleicht Angst hatte?»

«Nein.»

«Pass mal auf, ich werde dir jetzt sagen, was wir bislang herausgefunden haben.»

Pinki nickte genauso lustlos, wie sie es auch im Sozialkundeunterricht tat, wenn sie sich eigentlich für etwas brennend interessierte, es sich aber nicht anmerken lassen wollte.

«Deine Freundin Leefke ist so gegen neun Uhr am Leuchtturm gesehen worden. Was könnte sie um diese Zeit dort getrieben haben? Fällt dir etwas ein?»

«Sie hat sich die Strahlen reingezogen.»

Das Gesicht des Kommissars verzog sich. «Drogen?»

Pinki lachte los, und zu ihrer Erleichterung bemerkte sie, dass der nette Polizist und die Dicke sich auch über die Bemerkung des Kommissars lustig machten.

«Herr Kollege Sanders, Sie sind hier nicht im Sündenpfuhl der ostfriesischen Republik gelandet», die fetten Schultern der Polizistin wackelten, als sie das sagte. «Pinki meint etwas absolut Legales. Wenn man bei Dämmerung oder Dunkelheit unterm Leuchtturm steht, dann fühlt man sich wie unter einer … einer …»

«… großen Käseglocke», ergänzte Pinki.

«Ja, genau. Die Strahlen des Leuchtfeuers scheinen sich bis zum Horizont hinunter zu beugen, und das sieht wirklich sensationell aus. Viele Menschen gehen abends dorthin. Auch ich, und ich brauche noch nicht einmal besonders unglücklich zu sein, wenn ich das tue. Es ist einfach wunderschön, wenn Sie verstehen, was ich meine.»

Pinki fand die klobige Frau in der grünen Jacke mit einem Mal sehr sympathisch. Sie schien zu verstehen, worum es ging. Vielleicht würde sie ihr einmal die ganze Wahrheit erzählen.

Aber dann müsste sie sie auch danach fragen. Dieser Lackaffe würde jedenfalls nichts von ihr erfahren. Zumindest nichts von dem, was wirklich zählte.

«Mädchen …»

«Ich heiße Pinki.» Mit einem Mal fühlte sie sich wieder etwas wohler in ihrer Haut.

«Okay, du hast Recht. Also, Pinki. Deine Freundin Leefke war gegen neun am Leuchtturm, wann sie von dort weggegangen ist, wissen wir nicht genau. Um Viertel vor zehn ist sie jedoch in die Maritim-Klinik gegangen, das weiß der Pförtner noch ganz sicher, weil er ihr gesagt hat, dass eigentlich keine Besuchszeit mehr ist.»

«Und was hat Leefke geantwortet?» Pinki hielt den Atem an, es war so wichtig, dass Leefke niemandem gesagt hatte, mit wem sie sich treffen wollte. Wenn das herauskäme, dann wären sie alle dran, sie alle.

«Sie hat gar nichts gesagt, ist einfach durchgegangen. Ein bisschen zu schnell für den Portier, er ist ein alter Mann. Niemand weiß, wo Leefke hinging, ob sie mit jemandem sprach oder ob sie vielleicht zu einem Arzt wollte. Das Einzige, was feststeht, ist, dass sie eine gute Stunde später von der Sonnenterrasse gestürzt ist und kurz darauf starb.»

Ob sie jetzt von ihr erwarteten, dass sie losheulte?

«Wann hast du sie denn zum letzten Mal gesehen?»

«Gestern so gegen sieben. Wir waren erst bei den anderen in der Waldkirche, dann haben wir bei mir noch Fernsehen geguckt.»

«Waldkirche?»

Klar, das fand der Bulle jetzt wieder interessant.

«Dort treffen sich die Teenager», erklärte der Polizist am Computer. «Es ist keine richtige Kirche, mehr ein Park mit Bänken, einer Kanzel und einem Altar. Bäume drum herum und so, es ist ein schönes Plätzchen. Ich kann gut verstehen, dass sie sich dort versammeln.»

«Da haben wir wenigstens unsere Ruhe», sagte Pinki in dem Ton, den ihr Vater immer als maulig bezeichnete.

Dann war es eine Weile still. Pinki fummelte an den Fransen ihrer Handtasche. Das Wetter war so schön, eigentlich wollte sie jetzt lieber gehen. «Ich weiß schon, was Sie von mir hören wollen, wegen Leefke und so. Wir waren auch echt gute Freundinnen, eigentlich konnten wir uns alles sagen. Das Tolle an ihr war, dass man sich auf sie verlassen konnte. Sie hat oft den Mund aufgemacht, wenn wir anderen Schiss davor hatten. So 'ne typische Klassensprecherin eben. Sie hat aber eigentlich nur etwas gesagt, wenn es wirklich Sinn machte, verstehen Sie? Nur so blödes Zeug daherreden, das gab es bei ihr nicht. Leefke war immer ein bisschen schlauer als wir alle, und sie hat auch nicht so viel Mist gebaut wie wir. Ich habe wirklich keine Ahnung, warum sie sich umgebracht haben könnte. Echt nicht. Eigentlich war sie für so was viel zu intelligent.» Pinki biss sich auf die Zunge. Hatte sie mal wieder zu viel geplappert?

Die Erwachsenen sahen sie ernst an. Alle, auch der Typ am Computer. Wahrscheinlich hatten sie sich mehr von ihr erhofft. Aber scheiß drauf. Sie wollte nicht diejenige sein, die hinterher den ganzen Ärger bekam.

Die Dicke stand auf und nahm ihr die Coladose aus der Hand. «Ist schon gut, Pinki. Du warst uns eine große Hilfe. Und wenn dir noch etwas einfällt, egal was, wenn du meinst, es ist wichtig, dann ruf mich jederzeit an, ja? Und falls dir mal mitten in der Nacht etwas durch den Kopf schießen sollte …», sie reichte ihr eine kleine Karte, «… meine Privatnummer steht drauf.»

Sie erhob sich langsam. Warum fühlten sich ihre Beine so

wabbelig an? Sie war doch eigentlich ganz cool aus der Sache herausgekommen.

Artig gab sie den Polizisten die Hand, außer dem jungen, dem winkte sie lässig zu. Keiner hielt sie auf, als sie das Büro und das Haus verließ und in Richtung Strandpromenade ging.

Sie ging selten am Meer entlang. Hier war es meistens zu windig, und die schäumenden Wellen, die einem nahezu vor die Füße klatschten, interessierten sie nicht.

Doch sie wollte einen Moment nachdenken, bevor sie zu den anderen in die Waldkirche ging.

Sie hatte ihre Freundin verraten. Sie hatte Leefkes letzten Wunsch nicht erfüllt.

Wenn sie auch nicht wirklich wusste, was ihrer Freundin in den letzten Stunden ihres Lebens durch den Kopf gegangen war, eines wusste sie genau: Ihr letzter Wunsch war die Wahrheit gewesen.

7. Wencke fand den Schlüssel wie besprochen unter der Fußmatte. Solch hanebüchen-riskante Versteckspielereien konnte man auch nur noch auf einer Insel wagen. Eigentlich würde es sich für jeden Verbrecher lohnen, ein Fährticket nach Norderney zu kaufen. So viele unbeobachtete Koffer am Hafen, massenweise teure Handtaschen lässig über die Schultern gehängt und offene Haustüren fand man sonst wohl fast nirgendwo. Ein Dorado für Kleinganoven. Oder eben ein Stückchen heile Welt.

Rika hatte Spätschicht, sie würde also erst um acht Uhr wieder zu Hause sein. Seltsam, dass sie sich an Jaspers Geburtstag nicht freinehmen konnte. Und wenn sie sich wirklich so wegen seines Verschwindens sorgte, warum blieb sie nicht erst recht hier? Am Telefon hatte sie weder verheult noch bekümmert geklungen. «Ach, du kommst auf die Insel? Ich hab leider keine Zeit. Ich lege dir aber den Schlüssel raus, mach's dir solange gemütlich. Vielleicht ist Jasper bis dahin ja wieder aufgetaucht.» Also, entweder hatte ihre Mutter am Telefon maßlos übertrieben, was allerdings gar nicht ihre Art war, oder Rika hatte einen wundersamen Stimmungswechsel erlebt. Wie auch immer, ein bisschen seltsam fand Wencke ihre Beinahe-Schwägerin schon, doch das hatte sie bislang bei allen Beinahe-Schwägerinnen so empfunden, und das waren einige.

Vielleicht musste man einfach merkwürdig sein, wenn man mit Jasper Tydmers zusammenlebte. Ein bisschen resolut, ein bisschen sensibel und vor allem sehr, sehr großzügig, dann konnte man neben ihrem Bruder überleben.

Die adrett weiß-blau gepinselte Doppelhaushälfte mit Vorgarten in der etwas sehr kleinbürgerlichen Siedlung passte eigentlich überhaupt nicht zu Jasper. Wahrscheinlich konnte man auf Norderney nicht allzu wählerisch sein. Doch die Wohnung sah genau so aus, wie Wencke es sich vorgestellt hatte. Ein wenig nach Krankenschwester, denn es war alles sehr sauber, aufgeräumt und fast steril, ein wenig nach Künstler. Eine Gitarre bei der Schiebetür zum Garten. Sie war Jaspers älteste Geliebte, Wencke meinte sogar, dass er ihr einen Namen gegeben hatte, war es Elisabeth? Ein paar von Mutters Materialschlachten hingen oder lehnten an den Wänden. Wencke mochte Mutters Kunst nicht, vor allem nicht in geballter Ladung, so wie hier. Doch die Fotos im Flur, die liebte sie. Jaspers Fotos. Es war ihm schon immer gelungen, ihre kleine, verkümmerte Künstlerseele damit zu erwecken. Wencke betrachtete die Aufnahmen intensiv. Diese Bilder kannte sie noch nicht. Es waren Kinder. Kleine Kinder, große Kinder, beinahe Erwachsene. Traurig, fröhlich, albern, aggressiv ... Wencke hielt die Luft an. Dies war Jaspers eigene Art zu fotografieren. Jedes Detail im Bild erzählte etwas von dem Moment, in dem es aufgenommen wurde. Konservierte Emotionen. Schön, wunderschön. Das letzte Bild in der Reihe machte es Wencke fast unmöglich, wegzuschauen.

Ein Mädchen im Sand, vielleicht dreizehn oder vierzehn Jahre alt, spindeldürr und mit großen, hellen Augen, die aus dem Foto herauszublicken schienen, so als wüssten sie nichts von der Welt und seien doch klüger als die Menschheit. Auf dem Passepartout hatte Jasper mit Bleistift etwas notiert, es war das einzige Bild mit Namen. «Inselkind».

«Wer solche Bilder macht, der darf auch vierzig werden», sagte Wencke laut in die Stille hinein, die in einer fremden Wohnung immer noch ein wenig lautloser zu sein schien.

Sie überlegte, ob sie sich hier wohl umschauen durfte. Konnte sie einfach so in den Büchern kramen, die im Wohnzimmer übereinander gestapelt lagen? Was las ihr Bruder überhaupt? Intellektuelles? Lyrisches? Oder ordinäre Krimis?

Sie traute sich nicht. Bücher waren irgendwie zu intim. Aber Musik war in Ordnung. Drei Regalreihen gefüllt mit CDs, ihr Bruder war Musiker. Ob sie wohl erkennen konnte, welche davon ihm und welche Rika gehörten?

«Wishbone Ash» – langhaarige Bleichgesichter an Schweineorgeln, klar, seine.

Eine Reihe darunter Alanis Morisette, die hatte sie selbst auch, also war es mit Sicherheit nicht sein Musikgeschmack. Daneben eine Selbstgebrannte, seine Handschrift auf dem Einlegeblatt. «Die Piraten – Inselkind». Sie holte die glänzend blaue Scheibe heraus und schob sie in das leere CD-Fach der Anlage. Wencke drückte auf die Taste mit dem einzelnen Dreieck, sicher würde nichts passieren, fremde Anlagen machten nie das, was man von ihnen wollte. Doch sie hörte das leise Zischeln, das immer kam, kurz bevor die Musik losging.

Gitarre, dann ein wenig Bass. Jaspers Stimme:

Inselkind, in deiner Welt gibt es Grenzen aus Weite
die den Horizont unendlich machen
und obwohl du damit lebst, dass nicht alles möglich ist
bist du freier.

Sie drehte lauter, ging in den Flur und stellte sich vor das eingerahmte Mädchen mit den seltsam hellen Augen.

Inselkind, in deiner Welt gibt es Zeiten aus Kräften
die Termine utopisch machen
und obwohl du damit lebst, dass der Mond die Uhren stellt
bist du ruhiger.

Das Schlagzeug setzte ein wie ein Herzschlag.

So oft, wenn du weinst
oder lachst
und das Meer salziger machst
so oft, wenn du fragst oder sprichst
und die Welt zu verstehen scheinst
so oft, wenn du schläfst
oder aufgeweckt alles auf einmal erwartest
so oft schenkst du mir
ein kleines Stück von der Insel in dir.

Wencke lehnte sich mit dem Rücken an die Wand und schloss die Augen. Ihr Bruder hatte dieses Talent, sie aufzuwühlen, verdammt nochmal, warum ging es ihr immer wieder so nahe, was er tat?

Sie öffnete die Augen wieder und wurde vom Blick des Mädchens eingefangen. Sie war das Inselkind, Jasper hatte dieses Lied für sie geschrieben. Wer war sie?

Was war es wohl für ein Gefühl, wenn einem ein Lied auf den Leib geschrieben wurde?

Wencke hätte es zu gern gewusst.

Doch irgendwie hatte Jasper sie nie richtig wahrgenommen. Blöde Eifersucht auf den großen Bruder, da war sie wieder. Lange verdrängt und fast vergessen, saß der Stachel in diesem Augenblick tiefer als jemals zuvor.

Sie war immer irgendwie allein gewesen. Sie war eine Außenseiterin in der Familie und eine Außenseiterin im Kollegenkreis, den einen zu brav und den anderen zu chaotisch, niemand war jemals wirklich zufrieden mit dem, was sie nun mal war. Früher einmal hatte sie darunter gelitten, ein schwarzes Schaf zu sein, und es hatte sich zugespitzt. Wencke verdrängte oft den Gedanken daran, doch sie hatte bereits einmal am Abgrund gestanden. Es war ein Moment gewesen, in dem sie sich sicher war, dass es sich nie ändern würde. Dass sie immer außen vor bliebe, immer am Rand, nie wirklich erwünscht, nie wirklich respektiert. Es war ein schmerzhafter Augenblick gewesen, denn es hatte damals kein Zurück gegeben. Sie konnte nur allem ein Ende machen, und es gab damals zwei Möglichkeiten für sie, das zu tun: Selbstmord oder Neuanfang. Und sie hatte lange Zeit geglaubt, das Erstere wäre der einfachere Weg. Schluss und nichts mehr dahinter. Doch dann hatte sie den Studienplatz an der Kunsthochschule in den Wind geschrieben und zum Entsetzen der Familie die Polizeischule besucht. Sie war ihren eigenen Weg gegangen. Schritt für Schritt. Bis zum Hier und Heute, wo sie in Jaspers Wohnung stand und den Auftrag hatte, ihren Bruder zu suchen. Sie musste es schaffen, es war mehr als nur wichtig. Es war vielleicht die letzte Gelegenheit, über die Kluft zwischen ihr und der Familie eine Brücke zu schlagen und die Anerkennung zu finden, die sie suchte.

Ein lobendes Wort von Axel Sanders, von diesem hundertfünfzigprozentigen, ausnahmslos korrekten, eiskalten Dauerkonkurrenten. Oder ein paar Zeilen von ihrem Bruder, einfach als Zeichen, dass er sie wahrnahm.

Sie stellte die Musik ab. Veit Konstantin war ihr eingefallen. Sie war schließlich nicht zum Vergnügen hier, obwohl es ohnehin bislang ein zweifelhaftes war.

Sie fand das Telefonbuch auf Anhieb auf dem Beistelltischchen neben dem Sofa. Diese Ordnung war ohne Zweifel Rikas Verdienst. Jasper hätte wahrscheinlich gar kein Telefonbuch besessen.

Zu Wenckes großem Erstaunen gab es ein eigenes Buch nur für Norderney. So als wäre diese mittelgroße Insel in der südlichen Nordsee die ganze Welt. Sie suchte unter K.

Konstantin, Alide, Am Leuchtturm.

Konstantin, Heiko, Jann-Berghaus-Straße.

Konstantin, Veit, Bismarckstraße. Das musste er sein.

Sie versuchte, sich auf dem beigelegten Stadtplan zu orientieren, was nicht einfach war. Norderney war gar nicht so klein und gar nicht so übersichtlich, wie sie vermutet hatte, im Gegenteil. Die Straßen verliefen kreuz und quer, das Zentrum schien sich in den Südwesten zu quetschen, von dort aus krümelte die Stadt ohne erkennbares System auseinander. Und ihr jetziger Standort war ziemlich weit draußen, quasi am Tellerrand.

Sie riss sich den Stadtplan heraus. Das würde Rika nicht gefallen, aber sei's drum. Bevor man sie als Nächste auf die Vermisstenliste setzte … Orientierungssinn war nicht gerade Wenckes Stärke.

Vor dem Haus stand Jaspers Rad, ein rostiges Hollandrad mit Stange, unabgeschlossen natürlich. Und der Sattel war viel zu hoch, sie würde sich bestimmt einen Wolf radeln, aber es ging jetzt darum, diesen Veit Konstantin nach ihrem Bruder zu fragen. Sie würde ihm einen Besuch abstatten. Zwar war es irgendwie ein bisschen peinlich, nach seinem vierzigjährigen Bruder zu suchen, der ohnehin alles andere als häuslich war, aber alles war besser, als sich hier die Zeit zu vertreiben.

Den Schlüssel legte sie unter die Fußmatte.

Dann schob sie das Rad auf die Straße. Links oder rechts? Der Ort lag im Westen. Also fuhr sie der Sonne entgegen. Na also, so blöd war sie wohl doch nicht.

Sie fand das Rad grauenhaft unbequem, nicht zuletzt, weil sie eigentlich so gut wie nie Fahrrad fuhr. Lieber nahm sie ihren alten R4, wenn er denn ansprang. Laut Musik an und eine Zigarette am Steuer und fluchen, wenn der Vordermann bei Grün nicht sofort in die Pötte kam. Das machte Laune.

Rad fahren war so still, so gesund, so anstrengend und so,

so langsam, dass sie sogar Zeit hatte, sich die Insel etwas näher anzusehen.

Mehrfamilienhäuser aus rotem Backstein, die sie irgendwie an Kasernen erinnerten; hübsche, weiße Villen mit hölzerner Veranda davor, aus der jederzeit eine Dame mit langem Kleid, breitem Hut und Sonnenschirmchen hätte heraustreten können, ohne dass es sie gewundert hätte; moderne Zweckbauten mit mehr oder weniger aufdringlichen Werbeflächen über der Haustür; und ganz weit in der Ferne konnte Wencke tatsächlich ein paar Hochhäuser ausmachen. Die hatte sie bereits vom Schiff aus gesehen, in diese Richtung musste sie fahren.

Die asphaltierte Straße, die sie wieder einmal an ihr Auto denken ließ, wurde auf einmal holperig; patchworkgleiches Steinpflaster sah zwar nett und irgendwie inseliger aus, tat dem Fahrvergnügen allerdings nicht so gut. Sie stieg ab und schob das Rad neben sich her, den Stadtplan in der Hand.

Benekestraße, Onnen-Visser-Platz, Bismarckstraße, dann war sie da. Na bitte, ging doch.

Sie stellte das Rad neben dem Eingang ab, der Ständer wackelte erbärmlich, aber so musste es gehen. Sie klingelte. Ein pastellfarbenes Haus mit riesigen, halbrunden Fenstern, die wie freundliche Augen aussahen. Keine Frage, hier wohnte Geld.

Was wollte sie eigentlich genau sagen? Vielleicht ließ man sie gar nicht herein?

Na ja, irgendetwas würde ihr schon einfallen.

Sonnig, 28°C im Schatten Der erste Fahrgast heute Morgen hatte es ihm erzählt. Die übliche Strecke, Stadt – Hafen, an guten Tagen fuhr Remmer diese zweieinhalb Kilometer bis zu fünfzigmal hin und zurück. Wohin sollte man sich auf Norderney auch sonst mit der Taxe kutschieren lassen?

Also Stadt – Hafen, ein guter Bekannter, er arbeitete bei der *Norderneyer Badezeitung* und Remmer hatte ihn gern in seinem Wagen mit der Nummer sieben, weil er meistens interessante Neuigkeiten zu berichten wusste, die Remmer dann wie einen Vorrat hütete und über den Tag verteilt gut dosiert an seine Fahrgäste weitergab. Mal was anderes als immer nur das Wetter, obwohl das auf der Insel schon ein sehr abwechslungsreiches Thema sein konnte. Doch zur Zeit bot das beständige Sommerhoch «Hedda» keinen ausreichenden Diskussionsstoff.

Aber Selbstmord? Das war kein schönes Thema für einen Smalltalk. Für eine Fahrt zum Golfplatz würde es vielleicht eher taugen, das waren vier Minuten mehr.

Ein junges Mädchen hatte sich in der Maritim-Klinik zu Tode gestürzt. Mehr wusste sein Bekannter noch nicht, es war auch erst halb acht gewesen, da konnte man noch nicht allzu viel erfahren haben. Remmer kannte den Lauf der Dinge. Je mehr Kunden er durch die Gegend chauffierte, desto mehr fügte sich eine Neuigkeit an die andere zu einer kompletten Geschichte. Und wenn er heute Abend um sieben aus dem Taxi stieg, kannte er vielleicht schon drei verschiedene Versionen davon.

Ein junges Mädchen … Inzwischen war es Nachmittag, er schwitzte mal wieder, die Haut juckte erbärmlich, und er wusste nun, dass es ausgerechnet Leefke Konstantin erwischt hatte. Ihm war nicht wohl. Hätte er sie gestern nicht fortgeschickt … Es war müßig, darüber nachzusinnen.

Er stellte ausnahmsweise das Kassettendeck aus, in dem sonst aus Werbegründen den ganzen Tag die «Piraten» liefen. Er hatte auf diesem Wege bereits zweiunddreißig CDs verkauft, an Gäste, Tagestouristen und Einheimische.

Doch nun suchte er den «Sturmwellensender». Norderneyer Musik, Norderneyer Moderatoren, Norderneyer Nachrichten. Remmer kam nicht von der Insel, und manchmal nervten die Insulaner ihn mit ihrem ewigen Großstadtgetue, aber der SWS war okay, sie spielten auch mindestens dreimal am Tag «Watt'n Meer» und manchmal «Inselkind».

Jetzt waren gerade die Döntje Singers an der Reihe: «Dat Fahrodleed»! Remmer brummte mit, er konnte nicht singen. Dafür gab es Typen wie Jasper.

Der folgende Bericht drehte sich um die Sache mit der Diskothek. Mal wieder, ein Dauerthema auf Norderney, und ein umstrittenes dazu. Keine Disco für die Inselkinder. Zu laut, zu teuer und zu … Remmer hörte weg. Es interessierte ihn nicht. Es war ein leidiges Thema.

Er fuhr mit dem Wagen direkt an die Klinik. Als Taxifahrer hatte er dieses Privileg. Nur Anwohner und der Lieferverkehr durften in der Hochsaison diese Straßen hier befahren. Das war auch gut so, denn wenn all die Touristen in ihren mitgebrachten Karossen hier herumbummeln würden, nur um mal nachzusehen, ob was los war, dann wäre diese Insel bereits im Verkehrsstau erstickt. Es war schlimm genug, dass er im Schritttempo hinter den breiten, albernen Viersitz-Tretvehikeln der Fahrradvermietungen hertrödeln musste. Manchmal sehnte er sich nach einer freien Autobahn und Tempo hundertsechzig.

Sein nächster Fahrgast stand bereits vor der gläsernen Tür. Die sinnliche, weiß gekleidete Gestalt spiegelte sich in der getönten Scheibe, und Remmers Herz schlug mit einem Mal ein paar Takte schneller. Hatte sie mit Absicht ihn kommen lassen? Hatte sie ganz gezielt nach der Taxe Nummer sieben gefragt? Oder war ihm der Zufall heute freundlich gesinnt? Sie war doch noch nie zu ihm in den Wagen gestiegen.

Er bremste langsam ab, als eine Gruppe Kurgäste in bunten Bermudashorts die Straße überquerte, ohne nach links oder rechts zu schauen. Und er ließ sie dabei nicht aus den Augen. Ihr schwarzes Haar war zu einem Pferdeschwanz gebunden, es erinnerte ihn an blank poliertes, duftiges Leder, weil es so schwer und glatt, aber doch so geschmeidig war … Eigentlich war er kein Schwärmer und erst recht kein Dichter, wirklich nicht, aber für diese Frau würde er gern einmal ein Lied schreiben. «Gefühlsduselei» könnte es heißen, er würde Wörter wie «Meeresmädchen» und «Muschelgedanken» verwenden, aber was reimte sich auf Rika? Er konnte Jasper nicht verstehen. Hatte sie ihn denn nie inspiriert? Jasper war in vielen Dingen ein Spinner, ein Filou, oft auch ein Lügner, aber seine Texte waren ehrlich, grundehrlich, melodisch und geladen mit Gefühl. Er schrieb «Inselkind» für eine kranke, blasse Lolita, die sich anschließend zu Tode stürzte. Doch für diese lebendige, immer wieder aufregende Frau an seiner Seite hatte er noch keine Zeile zustande gebracht. Es war wirklich schade um das ungeschriebene Lied.

Dann hielt er an, sie sah ihn erst in diesem Moment, und Remmer hätte zu gern gewusst, welchen Gedanken sie nachgehangen hatte. Sie öffnete die Beifahrertür und lächelte.

«Remmer, wie schön, ich bin noch nie mit dir gefahren.»

«Ja? Kann sein. Irgendwann ist es immer das erste Mal. Du fährst ja auch nie mit der Taxe.» Remmer konnte sich selbst nicht leiden, wenn er so war wie jetzt. Immer, wenn er jemanden besonders mochte, kam diese verklemmte Griesgrämigkeit bei ihm durch, er konnte machen, was er wollte. In diesen Momenten war er sich seiner juckenden Haut schonungslos bewusst, und das verunsicherte ihn. Er war eben weder ein Dichter noch ein Charmeur. Er war das genaue Gegenteil von Jasper.

Er fuhr nicht los. Es war so ungewöhnlich, sie hier neben sich sitzen zu haben. «Wo willst du denn überhaupt hin?»

«Nach Hause. Ich habe mir den Rücken verrenkt. Muss mich wohl verhoben haben, das passiert in meinem Job nun mal. Aber heute ist es so schlimm, dass ich das Rad lieber hier stehen lasse.»

«Hmm», brummte Remmer. «Als ich heute Morgen nach Jasper gefragt habe, bist du aber auch schon etwas langsam aus dem Quark gekommen.»

Sie schaute ihn von der Seite an. «Fährst du jetzt mal los? Nicht dass sie uns abschleppen, wenn wir hier weiter den Noteingang blockieren.»

Ruckartig setzte er den Wagen in Bewegung, dann stoppte das Auto abrupt. Abgewürgt. Immer wenn er sich besonders viel Mühe gab, rasant anzufahren …

«Nicht gerade ein Kavalierstart», sagte sie trocken.

«Ich bin auch kein Kavalier.» Tolle Antwort, Remmer, dachte er verärgert. Er schielte kurz zu ihr hinüber, als er den Motor wieder anließ. Rika sah aus dem Fenster. Sie sah schlecht aus, zumindest nicht ganz so gesund wie sonst. Kein Wunder.

«Schöner Mist mit dem Mädchen. Sie war gestern Abend noch auf der Probe, stell dir vor.»

Rika schien nicht darauf reagieren zu wollen, jedenfalls wandte sie nicht den Kopf, sondern starrte weiterhin gedankenverloren auf die Straße, die nun langsam an ihnen vorbeizog. Viele Menschen, unzählige Gesichter, fast alles Fremde. Er musste seinen Blick von ihr abwenden, nach vorn schauen, auf die überfüllten Gehsteige Acht geben, von denen hier und da ein Tourist kopflos auf die Fahrbahn wechselte.

«Ist Jasper jetzt wieder aufgetaucht?»

Sie schüttelte nur den Kopf.

Remmer war fürchterlich heiß. Sein Wagen hatte keine Klimaanlage, das Auto war ziemlich alt, aber solange es fuhr …

«Was ist denn los mit dir und Jasper?»

Mein Gott, hatte ihn dieser Satz viel Überwindung gekostet. Er schwitzte noch mehr.

Nun drehte sie sich zu ihm um. Erst dachte er, sie hätte eben vielleicht lautlos vor sich hin geweint, und erwartete gerötete Augen, aber sie sah nur einfach blass aus und fürchterlich müde. Und er spürte, dass er sich in sie verliebt hatte. Keine Neuigkeit eigentlich. Doch es war verdammt intensiv. Wie Bassspielen. Tief und hintergründig und ganz für ihn allein. Sie sollte es nie erfahren.

«Es ist, wie es ist», antwortete sie, als er schon nicht mehr damit gerechnet hatte. «Jasper ist nicht aufgetaucht. Doch irgendwie ist es für mich kein wirklicher Grund zur Aufregung. Du weißt doch, wie er sein kann. Ich hatte nur nicht gedacht, dass er sich seinen Geburtstag entgehen lässt. So kenne ich ihn nicht. Aber wahrscheinlich kenne ich ihn sowieso nicht.»

«Aber zur Probe ist er bislang immer erschienen. Zwar meistens endlos zu spät, aber gekommen ist er. Und gestern Abend war es besonders wichtig. Die neuen Songs, weißt du? Ich kann mir nicht erklären, dass Jasper das anscheinend alles egal ist.»

Sie lachte kurz und, was er gar nicht von ihr kannte, sie lachte bitter. «Es ist mir aber egal. Diese ganze Scheißband und das Getue mit den Kindern, weißt du was, ich kann es nicht mehr hören. Jasper singt hier einen Ton und dort spricht er stundenlang mit kleinen Erwachsenen, doch bei mir zu Hause ist er still, langweilig und … ach. Du hast aber Recht: Ihm ist das alles nicht egal. Es bedeutet ihm so viel. Es ist sein Leben. Musik, Mädchen und Melodramatik. Ich finde es so lächerlich.»

Remmer konnte darauf nicht reagieren, also verbrachten sie den kurzen Rest der Fahrt schweigend. In seinem Kopf aber sprangen die Gedanken hin und her wie der kleine weiße Ball beim Pingpong; er hoffte, sie merkte ihm diese Erregung nicht an.

Bis zu ihrem Haus in der Lippestraße war ihm auch immer noch kein guter Satz eingefallen, mit dem er einen einigermaßen sympathischen Eindruck hinterlassen konnte. Jasper schüttelte solche Worte immer aus dem Ärmel, doch Remmer war in dieser Beziehung einfach unfähig. Nicht dass er an mangelndem Selbstbewusstsein litt, er war auch nicht verklemmt, wirklich nicht. Nur bei dieser Frau fiel ihm alles tausendmal schwerer. Weil er im Schatten stand. In Jaspers Schatten. Sie würde ihn nie bemerken.

Kaum waren die Reifen zum Stehen gekommen, da hatte sie den Fuß bereits auf die Straße gesetzt. Sie drehte sich lächelnd nach vorne um. «Was bekommst du?»

Er winkte mit der Hand ab, als verscheuche er eine Fliege. «Lass stecken!»

Und dann blieb der Tag für einen kurzen Augenblick stehen, die Hitze war vergessen und das klobige Gefühl von Unzulänglichkeit ebenso. Sie beugte sich zu ihm herüber und küsste seine Wange. «Du bist ein Schatz, Remmer. Ganz anders als Jasper, wirklich! Zuverlässig wie ein Deich und ruhig wie das Watt. Entschuldige den Vergleich … aber ich finde, er passt.»

Dann stemmte sie sich stöhnend aus dem Auto. Der Rücken musste ihr wirklich schwer zusetzen. Heute Morgen hatte sie sich auch schon sehr gequält, es war ihm nicht entgangen. Sie war nicht dürr und zerbrechlich, aber wenn er daran dachte, wie viele Menschen sie am Tag in der Klinik heben musste, dann wäre er gern aufgesprungen und hätte sie ein wenig gestützt.

Doch während er noch darüber nachdachte, war sie bereits den kurzen Gartenweg zu ihrem Haus gegangen und in der Tür verschwunden. Sie hatte ihm nicht mehr zugewinkt. Schade.

Remmer fuhr langsam an, der Schweiß ließ seine Hände am Lenkrad kleben.

Zum Glück hatte er den Schlüssel zum Bunker noch in der Tasche. Ihm war der Text eingefallen, er lag wohl noch im Probenraum, der Text von Leefke Konstantin. «Ruhestörung». Vielleicht war es nur eine Teenager-Reimerei, doch vielleicht hatten die Zeilen auch etwas zu bedeuten. Etwas, das die Polizei besser wissen sollte.

Meint Britzke hatte nun schon zum vierten oder fünften Mal auf die Uhr geschaut. Axel Sanders ärgerte sich über diese offensichtliche Ungeduld seines Kollegen. Nun gut, dass es bereits Viertel vor fünf war und sie den Besuch bei der Familie des Mädchens noch vor sich hatten, ließ auch Sanders nicht gerade kalt. Er hatte sich keine frischen Sachen eingepackt, keinen Pyjama und keine Zahnbürste. Doch im Gegensatz zu Britzke hatte er auch noch nicht alle Hoffnungen aufgegeben, dass sie das Schiff heute Abend noch erreichen konnten. Es würde alles glatt gehen, die Angehörigen waren bestimmt kooperativer als dieses kleine, frühreife Ding vorhin auf dem Präsidium. Die Zeugenaussagen und das vorläufige medizinische Gutachten bestärkten den Verdacht, dass Leefke Konstantin sich, aus welchem Grund auch immer, in selbstmörderischer Absicht von der Klinikterrasse gestürzt hatte. Es würde mit Sicherheit nichts Unvorhergesehenes mehr passieren.

Sie klingelten. Ein altes Herrenrad kippte plötzlich direkt neben ihnen um, und Sanders fluchte, denn jetzt hatte die einzige Hose, die er hier auf Norderney dabeihatte, einen schmierigen schwarzen Streifen am Bein. Welcher Idiot parkte sein Rad bloß so dämlich?

Die Tür des Hauses in der Bismarckstraße wurde von einer Frau geöffnet; sie trug ein wallendes schwarzes Kleid, und ihre Augen waren rot. Sanders hatte so seine Probleme, wenn zu viel Gefühl ins Spiel kam, obwohl er die Trauer dieser Frau gut verstehen konnte. Aber es verlangsamte seine Arbeit für gewöhnlich enorm, wenn dabei Tränen flossen.

«Mein aufrichtiges Beileid», murmelte er. «Wir sind von der Mordkommission Aurich und haben ein paar Fragen an Sie und Ihren Mann. Dürfen wir hereinkommen?»

Die Frau nickte und schluchzte, und Sanders hatte ein ungutes Gefühl, was die Zügigkeit des bevorstehenden Gespräches anging.

«Treten Sie ruhig ein. Ihre Kollegin ist bereits da.»

«Kollegin? Sie meinen, Frau Lütten-Rass? Sie wollte eigentlich gleich nachkommen. Irgendein Taxifahrer wollte noch dringend eine Aussage machen. Wenn sie jetzt schon hier ist, dann war sie wohl sehr schnell ...»

«Nein, nein. Ihre Kollegin aus Aurich, Wencke Tydmers. Aber warum Sie ausgerechnet diese Frau hier in unseren Fall eingeschaltet haben, ist mir ein Rätsel.»

«Moment ...» Axel Sanders blieb stehen. Er hatte selten das Gefühl, dass er träumte, da er ohnehin nie träumte, weder nachts noch am Tage. Aber Wencke Tydmers? Hier? Das war ein Albtraum, ein echter Albtraum.

Und das Schlimmste daran war: Als die Frau nur ein paar Schritte weiterging und die Tür zu einem hellen, großen Raum öffnete, da wusste er, dass der Albtraum Wirklichkeit war.

Auf dem blau geblümten Sofa direkt in der Sonne, die durch die riesigen Fensterscheiben fiel, saß Wencke Tydmers mit ihrer Jeansjacke, den leuchtend roten Haaren und einer Tasse Tee in der Hand. Wieder dieses kurze, heftige Klopfen in seiner Brust, als habe das Herz für einen Moment vergessen zu schlagen und versuchte nun, das Versäumte nachzuholen.

Sanders blickte zu Meint Britzke und stellte erleichtert fest, dass dieser genauso perplex war. Dann lag er also mit seiner Meinung nicht daneben, dass diese Kollegin hier absolut nichts zu suchen hatte. Für einen kurzen Augenblick wollte er die Worte hinausposaunen, die ihm als Erstes in den Sinn kamen, doch zum Glück war er nicht so ein impulsiver Mensch wie seine Vorgesetzte. Eine goldene Regel der Polizeiarbeit lautete, dass man in Gegenwart von Zeugen oder anderen Zivilpersonen nie und auch wirklich niemals intern relevante Polizeiangelegenheiten besprechen durfte. So riss Sanders sich zusammen und sagte: «Kollegin Tydmers, wie schön, dass Sie uns schon zuvorgekommen sind.» Und jeder, der ihn kannte, konnte ahnen, wie viel Mühe ihn dieser eine Satz gekostet hatte.

Sie lächelte, und er erkannte sofort, dass ihr Lächeln schwach und ein wenig verwirrt war.

«Kollege Sanders, ich war so frei, der Familie Konstantin im Namen der Sonderkommission Aurich unsere Anteilnahme auszusprechen. Die Ermittlungsgespräche überlasse ich selbstverständlich Ihnen und dem Kollegen Britzke.»

Mehr blieb zur Zeit nicht zu sagen, leider, aber hinterher, das wusste Axel Sanders genau, hinterher würde er diese Frau ins Gebet nehmen, egal, ob sie nun seine Vorgesetzte war oder nicht. Und ganz egal, wie sehr er sie vielleicht mochte.

Er setzte sich auf einen freien Sessel, während Meint Britzke neben Wencke Tydmers auf dem Sofa Platz nahm. So waren zumindest der Sitzordnung nach die Rollen richtig verteilt, dachte er. Die verweinte Frau stellte zwei weitere Teetassen auf den Tisch und setzte sich auf den zweiten Sessel ihm gegenüber. Eine graue Katze strich ihr erst ein paarmal um die Beine, dann sprang sie auf den schwarzen Schoß. Es war so eine teure Rassekatze mit diesem seidig-feinen Silberfell und den aufdringlich grünen Augen. Sanders konnte mit Katzen nichts anfangen, sie waren ihm absolut suspekt. Als Frau Konstantin sie von ihren Oberschenkeln schob, hinterließ sie unzählige fusselige Haare auf dem Trauerkleid, und Sanders musste sich schütteln.

Das Katzentier schien seine Abneigung zu spüren, es kehrte ihm nach vergeblichen Annäherungsversuchen mit einer hochnäsigen Bewegung den beharrten Rücken zu und begann, seiner Kollegin um die Beine zu streichen.

«Entschuldigen Sie, mein Mann ist vor wenigen Minuten

gegangen und wird jeden Moment wieder hier sein, er ist nur kurz rüber zum Pastor, es gibt ja so vieles zu klären … so vieles … und das mitten im Sommer, wo wir ohnehin bis zum Hals in Arbeit stecken.»

Eine kurze, etwas unangenehme Stille blieb im Zimmer stehen.

«Verstehen Sie mich nicht falsch, es mag für Sie vielleicht etwas merkwürdig klingen, wenn ich das so sage», versuchte sie sich sogleich zu rechtfertigen, «aber wir hier auf der Insel leben nun einmal mit der Saison, sie bestimmt unseren Rhythmus. Mein Mann verwaltet mit seinem jüngeren Bruder fast sechzig Eigentumswohnungen, zur Zeit haben wir täglich zwei bis drei Anreisen, das will alles gut organisiert sein. Da ist jede Stunde verplant. Und so makaber es klingen mag, aber in der Hochsaison ist nun mal keine Zeit zum Sterben. Die alten Insulaner halten sich auch größtenteils daran, die meisten Beerdigungen haben wir hier vor Ostern und im November.» Sanders blieb sprachlos, er war kein Mann der großen Emotionen, aber falls diese Frau nur deshalb so herzzerreißend schluchzte, weil sie sich mit dem plötzlichen Tod von Leefke überfordert fühlte, dann war dies selbst in seinen Augen absolut pietätlos.

«Wir hatten ja Anfang des Jahres bereits einen Trauerfall in der Familie, meine Schwiegermutter, müssen Sie wissen. Sie hatte Asthma, schon seit Jahren. Trotzdem war es für uns alle ein Schock, als Oma Alide von heute auf morgen ins Krankenhaus musste, schweres Asthma, wissen Sie, sie starb eine knappe Woche später. Aber es ist kein Vergleich zu Leefke, unsere liebe, liebe Leefke …» Sanders war erleichtert, dass dieser neue Tränenstrom nun wohl doch dem jungen Mädchen galt.

«Frau Konstantin, wie ich von der Norderneyer Polizistin erfahren habe, war Leefke nicht Ihr eigenes Kind.»

«Sie ist … nein … sie war unsere Nichte. Die Tochter meiner

Schwägerin, die leider schon sehr früh verstorben ist. Sie ist bei ihrer Großmutter aufgewachsen, aber als diese dann im Januar von uns gegangen ist, haben wir uns ihrer angenommen. Sie war ein anständiges Mädchen, sehr ruhig und gut in der Schule, wir hatten keine Probleme mit ihr. Das heißt – fast keine.» Sanders wunderte sich über den giftigen Blick, den Frau Konstantin jetzt zu Wencke Tydmers hinüberschleuderte.

«Würden Sie mir das näher erläutern, bitte?»

«Warum fragen Sie nicht Ihre Kollegin Tydmers? Sie wird Ihnen vielleicht besser erklären können, warum aus unserer lieben, stillen Leefke in letzter Zeit ein aufmüpfiges Ding geworden ist. Fragen Sie sie nach diesem ‹Brombeerpiraten›, der unseren Kindern Flausen in den Kopf setzt und uns allen hier nur Schwierigkeiten bereitet.» Die zitternde Hand der Frau griff nach dem Kandis, wie automatisch ließ sie in jede Tasse einen dicken weißen Kluntje fallen, dann goss sie den Tee darauf, fast aggressiv, wie Sanders fand.

«Na los, junge Frau, erzählen Sie Ihrem Chef etwas über Jasper Tydmers», herrschte sie Wencke an, als sie gerade bei ihrer Tasse angelangt war. Sie goss die braune Flüssigkeit bis knapp unter den Rand, was völlig unüblich und in Sanders' Augen ein Zeichen von Missbilligung war.

«Wer ist Jasper Tydmers?», fragte Meint Britzke, der bislang völlig still, nahezu unsichtbar in der Sofaecke gesessen hatte. Nun beugte er sich vor.

Wencke wollte gerade etwas sagen, es hätte Sanders brennend interessiert, was es gewesen wäre, doch Frau Konstantin kochte über. «Jasper Tydmers, unser Inselrevoluzzer, der mit seiner schreienden Rockmusik die Ruhe hier stört und meint, zu allem seinen Senf dazugeben zu müssen. Er hat unserer armen Leefke den Kopf verdreht, wenn Sie mich fragen, sie war richtig vernarrt in diesen Kerl, der ihr Vater hätte sein können.

Pfui Teufel, mehr will ich dazu nicht sagen, pfui Teufel. Und ich werde mich beschweren, jawohl, bei Ihrer Dienstaufsichtsbehörde oder wie immer es bei Ihnen heißt.»

«Aber warum denn?», versuchte es Sanders in seinem beruhigendsten Tonfall.

«Weil Sie ausgerechnet die Schwester dieses Kerls in die Ermittlungen eingeschaltet haben, deswegen. Das kann doch wohl nicht sein! Da muss es doch irgendeine Bestimmung geben, die so etwas verbietet wegen Befangenheit …»

Sanders hatte falsch gelegen, sogar völlig falsch, als er dachte, die Sache hier ginge schnell und glatt über die Bühne, denn nun hatte er komplett den Faden verloren. Der einzige Lichtblick: So wie es jetzt aussah, konnte es schlimmer gar nicht kommen.

In diesem Moment öffnete sich die Tür, und ein kleiner, untersetzter Mann in einem sichtlich teuren schwarzen Anzug unterbrach Frau Konstantins Schimpftirade. Zielstrebig ging er auf Meint Britzke zu und reichte ihm die Hand. «Guten Tag, Veit Konstantin, wir hatten noch nicht die Ehre …»

Das war noch nie passiert, dass jemand Meint Britzke für den Chef gehalten hatte, eigentlich stürmten immer alle auf Sanders zu, er sah schließlich viel distinguierter aus als Meint in seinem fleckigen, hellen Mantel mit Kapuze. Schließlich war Sanders an der Reihe und empfing einen fast schmerzhaften Händedruck, den er den kleinen, wurstigen Fingern gar nicht zugetraut hätte. Sanders wollte sich vorstellen, doch er wurde von Konstantin unterbrochen, dessen schwammiges Gesicht sich bereits gefährlich gerötet hatte.

«Ich bin vorhin nicht dazu gekommen, es einmal klipp und klar und in aller Deutlichkeit zu sagen: Wenn eine Schwester von Jasper Tydmers an den Ermittlungen beteiligt ist, dann werden Sie von uns kein Wort erfahren. Punkt und Schluss.»

Wieder holte Sanders Luft, doch keine Chance.

«Nicht dass wir etwas zu verbergen hätten, doch wir haben für heute bereits genug Leid erfahren. Es kann mir und meiner Frau nicht zugemutet werden, dass wir unsere Aussagen an jemanden weitergeben, der Herrn Tydmers gegenüber voreingenommen ist. Schon allein, dass Sie einen billigen Vorwand genutzt haben, um sich in unser Haus zu schleichen, ist eine Unverschämtheit, Frau Tydmers.»

Dieses Mal beobachtete er Wencke, die den Mund öffnete, um sich zu rechtfertigen, es jedoch aufgab. Sanders konnte sich keinen Reim machen auf dieses Possentheater, er kannte nur seine Kollegin und ihre manchmal nicht ganz korrekten Wege der Informationsbeschaffung. Er wünschte, in diesem Fall wäre es anders. Er wünschte es sich wirklich, aber er glaubte nicht daran.

«Wenn es nicht solche Männer gäbe, die um die vierzig sind und blutjungen Mädchen schöne Augen machen und das Blaue vom Himmel erzählen und so weiter, dann gäbe es auch nicht solche tragischen Selbstmorde wie den meiner Ziehtochter. Wer weiß, was dieser Möchtegernmessias mit dem armen Kind angestellt hat, als er ihr Vertrauen erschlichen hatte. Das werden wir nie erfahren, nie, dieses Geheimnis hat Leefke mit in den Tod genommen. Aber wenn ich diesen ‹Brombeerpiraten› in die Finger bekomme, bei Gott, dann werde ich jedes Wort eigenhändig aus ihm herausquetschen.»

Sanders hatte Wencke Tydmers noch niemals so bleich und still wie in diesem Augenblick gesehen. Was hatte sie um Himmel willen nur hier verloren? Warum war sie nicht in der kanarischen Sonne und genoss ihren zweifelsohne wohlverdienten Urlaub? Stattdessen tauchte sie auf Norderney auf, mitten in seiner Ermittlungsarbeit, und ließ sich beschimpfen wegen eines Bruders, von dessen Existenz er zumindest noch nie gehört hatte.

Die Situation war ebenso unwirklich wie festgefahren. Sanders leerte seine Tasse in einem Zug und erhob sich. Er hatte keine Ahnung, worum es hier überhaupt ging, wer hier welche Rolle spielte und wo er bei der ganzen Sache stand. Und das missfiel ihm, sehr sogar.

«Sie haben natürlich Recht», sagte er nur und ging ein paar Schritte auf die Tür zu, durch die sie eingetreten waren. Veit Konstantin ließ seinen Körper auf den Sessel fallen, als habe er etwas sehr Anstrengendes hinter sich gebracht. Helle Flecken kämpften sich nach und nach durch seinen dunkelroten Teint, und er schien mehr als erschöpft zu sein, denn er brachte nur noch ein schwerfälliges Nicken zustande.

«Es tut mir Leid, wenn wir Sie mit unserem Erscheinen derart in Aufruhr versetzt haben, dies war nicht unsere Absicht.» Ein schneller, sauberer Abgang, das war es, was Sanders jetzt nur noch wollte, raus aus der guten Stube der Konstantins, in der er und seine Kollegen alles andere als erwünscht waren.

Und dann, ja dann würde er erst einmal ein langes, ernstes Gespräch mit Wencke Tydmers führen. Denn was auch immer sie sich bei dieser Aktion gedacht hatte, ob sie nun aus persönlichen oder beruflichen Motiven heraus unbedingt hier antanzen musste, es hatte ihm den Fall versaut. Alles deutete darauf hin, dass es sich hier um einen tragischen Selbstmord einer pubertierenden Jugendlichen handelte. Es hätte alles so einfach sein können, hätte sie sich nicht eingemischt. Wenn sie ihre privaten Interessen nicht von der Polizeiarbeit trennen konnte und die Aufklärungsarbeiten, wie offensichtlich in diesem Fall, behinderte, dann war dies nicht nur unprofessionell und gefährlich, es war vor allem ein Grund für eine saftige Disziplinarstrafe. Brutal gesagt: Ob Wencke Tydmers vom Dienst suspendiert und nach allen Regeln der Kunst gefeuert würde, ob sie den Stuhl räumen müsste, auf den er sowieso viel besser passte, dies hing einzig und allein von ihm ab. Davon, was er erzählen und was er verschweigen würde.

Und vielleicht lag es auch ein klein wenig an ihr. Er hoffte, sie würde ihn nicht wieder so ansehen, so in ihn hineinsehen wie damals auf dem Empfang zu Ehren ihrer Beförderung, als sie seine Rose nahm.

Das Schiff um 18.30 Uhr hatte er abgeschrieben.

Endgültig.

10. Die Stimmung in der Waldkirche war irgendwie seltsam. Es war nicht so, dass alle weinten. Genau genommen heulte keiner. Die meisten hielten sich nur ein wenig zurück, niemand sagte aus Gedankenlosigkeit so etwas wie: «Alter, ich bring dich um, ich schwör's.» Und daran merkte Pinki, dass sie alle an Leefke dachten.

Swantje lag auf dem Steinaltar und brütete über einem Buch, das Leefke ihr einmal zum Geburtstag geschenkt hatte. Wahrscheinlich hatte es bis heute unbeachtet in irgendeiner Ecke gelegen, denn außer Leefke hatte niemand von ihnen besonderes Interesse am Lesen. Doch nun hatte dieses Geschenk eine ganz andere Bedeutung bekommen. Swantje zumindest war nicht ansprechbar, obwohl sie immer noch auf Seite fünf war. Vielleicht war es ihre Art, sich von Leefke zu verabschieden.

Wilko und Jens hatten ihre Anlage mitgebracht. Die «Piraten» dröhnten aus den großen Boxen, die auf den hölzernen Sitzbänken der ersten Reihe standen. Manche fanden die Musik eigentlich beschissen, doch jeder wusste, Leefke hätte sie jetzt gehört, genau so laut und in diesem Moment, weil sie immer nur die «Piraten» gehört hatte, als sie noch lebte. Also gestern noch.

In erster Linie wohl wegen Jasper. «So bin ich ihm irgendwie näher», hatte sie Pinki einmal erklärt. O Mann, sie war wirklich verschossen gewesen. Dinge, die sie über Jasper gesagt hatte, waren eigentlich die einzigen schwachsinnigen Worte, die Leefke jemals von sich gegeben hatte. Alles andere war vernünftig und die Wahrheit gewesen. Es hatte überhaupt nicht zu ihr gepasst, dass sie verknallt war. Vielleicht war es auch mehr als das gewesen, vielleicht war es echte Liebe. Pinki hatte keine wirkliche Ahnung davon gehabt, was Jasper und Leefke miteinander hatten und was nicht. Sie waren oft zusammen, jedenfalls öfter, als es normal gewesen wäre für eine Vierzehnjährige und einen erwachsenen Mann. Auch allein. Pinki hatte sich oft ausgeschlossen gefühlt, obwohl sie wusste, dass Jasper ihr den Rang als beste Freundin niemals streitig machen konnte. Doch was erzählte Leefke ihm, was sie ihr vielleicht verschwieg? Und diese Gedanken hatten Pinki oft hart zugesetzt. Eifersucht, klar, es war lächerlich, Jasper war ein alter Kerl, das würde nie dasselbe sein wie eine Freundschaft, die schon seit dem Kindergarten zählte. Doch es tat weh. Nicht zuletzt, weil es schon irgendwie toll war, einen Mann wie Jasper für sich allein zu haben. Er sah gut aus, ein wenig alt, aber wie ein Musiker eben. Nicht so korrekt wie ihr Vater mit seinem kurzen, dünnen Haar und der silbernen Brille. Jasper hatte irgendwie gar keine Frisur, dafür aber Haare, durch die man schon ganz gern mal streicheln wollte, und Bartstoppeln. Pinki fand Bartstoppeln nicht schlecht, sie sollten aber hart und kratzig sein wie die Borsten einer Drahtbürste, nicht so weich und fusselig wie die Watte in Wilkos Bubigesicht. Das Tollste an Jasper waren seine Zähne. Schon irgendwie komisch, normalerweise achtete man doch zuerst auf die Augen, so stand es jedenfalls in der *Bravo*. Klar, Jaspers Augen waren auch nicht schlecht, sie waren dunkel und groß, ein wenig traurig sahen sie aus, doch sein Mund lächelte, immer. Und dann blitzten seine weißen Zähne, und sie musste immer an Kaugummiwerbung denken. «Wenn er weint, sieht er noch schöner aus», hatte Leefke mal gesagt. Doch das hatte Pinki ihr nicht abgenommen. Vielleicht hatte sie davon geträumt.

Als die Erwachsenen dann anfingen, sich für das Verhältnis zwischen Leefke und Jasper zu interessieren, da hatten sie alle zusammengehalten. Obwohl die meisten selbst nicht allzu viel davon hielten. Doch die anderen ging es nichts an. Eines Abends hatte Pinki ihrer Mutter fast ein paar gescheuert, als sie ihr das transparente Top verbieten wollte. «Kind, wenn dieser Jasper dabei ist … Man sollte solchen Männern nicht noch einen Anlass bieten, meinst du nicht?» Sie hatte mit den Schultern gezuckt und so getan, als wüsste sie nicht, was ihre Mutter damit andeuten wollte. Dies war immer der einfachste Weg, diesem verlogenen Gerede aus dem Weg zu gehen. Alle dachten, es ginge Jasper um Sex.

Warum konnte sich keiner vorstellen, dass er ihnen einfach nur helfen wollte? Ihnen allen, nicht nur Leefke. Es ging um Wilko und Jens, um Swantje, um Philip und um sie, um die ganze Clique von der Waldkirche. Und auch um die anderen, die immer an der Post rumgammelten. Konnte es sein, dass die meisten auf der Insel schon vergessen hatten, dass es sie gab? Seitdem Oma Alide den Mund nicht mehr aufmachen konnte, waren alle in ein eisernes Schweigen verfallen. Kein Wort mehr über die Disco, über den Treffpunkt, über die Probleme, die immer dieselben waren. Alle hielten die Schnauze.

Und was Oma Alide getan hatte, war als «Ruhestörung» zu den Akten gelegt worden. Pinki wusste es. Und es tat ihr unendlich Leid. So viel Lärm für nichts. Und so viel Kraft für wieder nichts. Oma Alides Lebenswerk war im letzten Winter mit ihr gestorben.

Und der Einzige, der den Mund immer noch nicht halten wollte, war Jasper. Und das nahmen ihm viele hier auf der Insel übel. Da kam ihnen ein bisschen Sex ganz gelegen. Um abzulenken.

Pinki war nicht dumm. Leefke hatte zwar immer noch ein bisschen weiter gedacht als sie, aber so blöd war sie auch nicht, dass sie nicht verstand, worum es eigentlich ging.

Es ging um Frieden und Unfrieden.

Als sie sich umsah, konnte sie es fast nicht glauben, dass es irgendwann einmal wieder unfriedlich sein konnte. Leefkes

Tod hatte eine Wahnsinnsruhe unter ihnen ausgebreitet. Keiner von ihnen war heute in der Waldkirche, um abzuhängen. Heute war es anders als sonst. Die dichten Bäume umschlossen sie, und über ihnen stießen die grünen Äste zusammen, sodass es hier beinahe wie in einer wirklichen Kirche aussah. Diesen Aspekt hatte Pinki noch nie erkannt. Sie hatte sich auch noch nie darüber Gedanken gemacht, warum sie sich mit der Clique ausgerechnet hier trafen und nicht woanders. Es war ein Ort der Ruhe, hier waren sie unter sich. Ab und zu kamen ein paar Fremde vorbei, die sich die Napoleonschanze anschauen wollten, unter der sie sich sicher etwas Pompöseres vorstellten als diesen mickrigen Wall mit dem Kreuz. Klar, ein paar böse Blicke bekamen sie dann schon ab, wenn sie zum Beispiel auf der Kanzel knutschten oder auf den Bänken die Zigaretten ausdrückten. Doch im Großen und Ganzen war es ihr Ort. Sie hatten sich ihn selbst gesucht.

Und heute war es wirklich ein Segen, dass ihnen hier niemand Fragen über Leefke stellte oder sie trösten wollte, so wie es Erwachsene taten.

«Wir sollten ihre Beerdigung hier feiern», sagte Pinki eigentlich ziemlich leise, aber alle hatten es gehört. «Wir sollten sie hier hinlegen, ein Sarg mit Blumen und so, und die Piraten sollten dazu spielen. Ich glaube, das hätte sie gewollt.»

Die anderen nickten wortlos. Was sollten sie auch schon sagen. Jeder von ihnen wusste, dass sie Recht hatte.

«Sie werden es nur niemals erlauben.»

Es war so schön, dass niemand sich aufregte. Es tat so gut.

Die wunderbar laute Musik verstummte so plötzlich, dass alle mit einem Ruck hochfuhren. Stille kann manchmal erschreckender sein als Lärm.

Veit Konstantin stand neben der Anlage. In seinem schwarzen Sakko sah er noch unmenschlicher aus, als er es ohnehin schon war. Pinki fand es lächerlich, dass er Trauer trug. Jeder hier wusste, dass Leefke ihm nichts bedeutet hatte. Doch der Blick in seinen Augen wühlte die Angst wieder hervor, die Angst und den Schmerz, den sie eben für einen kurzen Moment unter Kontrolle gehabt hatte. Nun brannte ihr Innerstes erneut.

«Saubande. Macht, dass ihr hier wegkommt. Schämt ihr euch nicht? Leefke hat sich das Leben genommen, wegen euch. Wegen euch! Und ihr habt nichts Besseres zu tun, als hier rumzugammeln wie eh und je. Ihr habt einfach keinen Anstand in den Knochen.»

Pinki blickte sich um. Keiner rührte sich. O Gott, wir sind alle so klein, wir sind alle so wehrlos ohne Leefke, dachte sie. Wer soll sich jetzt noch für uns einsetzen?

Fast war es, als ständen ihre Beine von selbst auf, als biege sich ihr Rücken aus eigener Kraft in die Senkrechte, als sprudelten die Worte ohne ihr Zutun aus dem Mund: «Wenn du glaubst, du kannst die Wahrheit verdrehen, dann hast du dich aber gewaltig getäuscht, Alter!» Sie richtete ihren Blick auf die hellen, wütenden Augen, die in Konstantins rotem Gesicht klafften wie Schießscharten. Schau nicht weg, Pinki, schau nicht weg, er kann dich nicht treffen, er kann dir nichts tun. Er hat die gleichen Augen wie Leefke. Stell dir vor, du betrachtest ihn durch ein Visier, ziel auf seine Stirn, und bevor er dich zunichte machen kann, zerstöre ihn.

Er sagte einen Moment lang nichts. Doch er schien nur nachzuladen. «Ihr habt doch alle kein Ziel, keine Perspektive.» Also gut, er schoss mit scharfer Munition. «Ihr lebt aus den dicken Geldbeuteln eurer Eltern, die sich dafür krumm arbeiten. Tagein, tagaus sind wir für die Gäste da, und ihr verscheucht sie wieder mit euren Zigarettenkippen überall und den Bierdosen in den Blumenbeeten. Wisst ihr, was mit euch ist? Es geht euch zu gut. Ihr habt den Jugendtreff, ihr habt eine superteure

Skateboardanlage, ihr könnt surfen und Volleyball spielen. Ihr habt einfach alles, und was tut ihr: nichts! Ihr seid so leer im Kopf, dass ihr vom Dach springen müsst.»

«Leefkes Kopf war zu voll, du Scheißkerl.» Pinki war so rasend, so wütend. Dieser Mann hatte neben ihrer besten Freundin gelebt und sie doch so wenig gekannt. Oder so wenig kennen lernen wollen. «Wenn du uns die Schuld daran geben willst, dass sie nun tot ist, dann hast du verdammt wenig von dem verstanden, was sie dir erzählen wollte.» Sie ging direkt auf ihn zu, stieg über die Bänke, die zwischen ihnen standen, Schritt für Schritt näherte sie sich ihm. Und sie täuschte sich nicht, es war ein Funken Angst in seinem fetten Gesicht zu sehen. Sie würde diesen Funken zum Glühen bringen, nein, zum Brennen. Er sollte leiden. Er sollte büßen.

Links neben ihr hatte sich Philip postiert. Es stärkte sie, ihn an der Seite zu wissen.

«Kinder, wenn ihr mir drohen wollt, dann seid ihr bei mir aber an der falschen Adresse.» Es sollte wohl selbstsicher klingen, doch Pinki hörte die Luft zwischen den einzelnen Silben japsend entweichen. Sie hatten ihn bald so weit. Swantje stand mit beiden Beinen auf der Steinplatte des Altars und war nun einen ganzen Kopf größer als er. Konstantin knöpfte hektisch an seinem Hemdkragen herum. Sein schwammiger Hals quoll zuckend hervor. Auf seiner Glatze glänzte es feucht und rot, doch sein Gesicht grinste noch immer. Wilko nahm Pinkis rechte Hand. Sie fühlte sich sicher.

«Mach, dass du hier wegkommst, Konstantin.» Jens hatte sich direkt vor ihm aufgebaut. Er war der Größte von ihnen, und er war stark. Jetzt wich der Alte zurück, er ging ein paar unsichere Schritte nach hinten. Dann drehte er sich hastig um und bestieg den kleinen Wall.

Es war ein Genuss, ihn stolpern zu sehen.

«Geh in den Teich, Dicker», sagte Pinki so laut und durchdringend, wie sie es selbst nie von sich erwartet hätte.

«Ihr spinnt doch», schimpfte Konstantin. Nur weil er auf dem Hügel die Übersicht wiedergewonnen hatte, meinte er, sich diesen Ton erlauben zu können. Doch sie waren noch nicht am Ende mit ihrer Lektion. Wie in stummer Übereinkunft nickten sich alle zu.

«Geh in den Teich!»

Er lachte. Die Jungen nahmen ihn von beiden Seiten und im Genick, er konnte sich nicht mehr rühren. Jetzt war das Grinsen von seinem Schweinegesicht verschwunden. Endgültig.

Es war ein lächerlicher Kampf, den er da vollführte, als sie ihn gemeinsam über die Schanze trugen. Er röchelte panisch, Jens hatte seine Kehle mit festem Griff umfasst, er musste schwer atmen. Kein Mitleid, Leute, kein Mitleid. Zeigt es ihm.

Sie stiegen über den runtergetretenen Zaun, und die scharfen, rostigen Drahtenden rissen Konstantins Sakko ein. Das Ufer war steil und schlammig, seine piekfeinen Schuhe kratzten durch den Matsch, versuchten Halt zu finden, doch Swantje und Pinki packten seine strampelnden Waden, sodass er hilflos war wie ein zappelnder Fisch, den man gerade aus dem Meer gezogen hatte. Er schien zu ahnen, dass er sich nicht mehr wehren konnte, als sie ihn an die Wasserkante schleppten. Ob er wohl dachte, dass sie ihn töten wollten? Hier, am helllichten Tag, mitten im Norderneyer Schwanenteich ersäufen wie eine überflüssige Katze?

Sie schaukelten ihn hin und her und zählten: «Eins, zwei, drei …» Das Klatschen war lauter als der Schrei, den er ausstieß, als sein Hals wieder Luft holen konnte.

Ein paar Menschen am anderen Ufer blieben stehen, schauten herüber, zwei alte Damen rannten staksig auf den kleinen Holzsteg, um besser sehen zu können.

«Es ist nur ein Scherz, keine Panik, es ist nur ein Scherz», rief Pinki ihnen zu. Und als Konstantin seinen Kopf wieder aus dem dunkelgrünen Gewässer erhoben hatte, legte sie sich auf den feuchten Uferboden und sah dem Mann in sein nasses, schockiertes Gesicht. «Und nun hör mir gut zu, Arschloch. Dies ist ein Scherz, kapiert? Genau so ein Scherz wie der, den du dir mit Oma Alide erlaubt hast.»

Er erwiderte nichts. Ihre Worte hatten ihm das Maul gestopft. Seine Lippen klappten zusammen wie ein Buch, dass man zuschlug. Er gab keinen Mucks von sich. Tapfer richtete er sich auf. Bis zu den Knien stand er im Wasser, der schwarze Anzug klebte an seinem aufgeblähten Bauch. Weit hinter ihm sprudelte in einem mächtigen Strahl das Teichwasser in die Luft, und er sah aus wie ein gestrandeter Wal, der seine letzte Fontäne in der Himmel schoss. Dann lächelte er gequält, winkte den beiden Damen zu, die bereits am Anfang des Steges standen: «Es war nur ein Scherz. Sie wissen doch, wie die Kinder heutzutage sind.»

Dann ließen sie ihn allein.

11.

Rika lümmelte sich im Garten und rauchte, neben dem Aschenbecher stand ein Glas Sekt. Wencke spürte eine stickige Wut in sich, sie musste sich in Acht nehmen, um ihrer Gastgeberin nicht sofort und in diesem Augenblick mit all den Vorwürfen zu kommen, die sich in ihr aufgestaut hatten. Am liebsten hätte sie die Hängematte am oberen Ende abgeschnitten, damit Rika ohne Vorwarnung mit voller Wucht auf der Holzterrasse landete.

Weshalb hatte Rika ihr am Telefon nichts über das tote Mädchen erzählt? Sie hatte über ihren Rücken gestöhnt, die letzte Nachtschicht verflucht und ihre Kommentare über Jasper losgelassen. Doch Leefke Konstantin hatte sie mit keiner Silbe erwähnt. Dabei musste sie doch fast dabei gewesen sein, als es passierte. Und auch über Jaspers zweifelhaften Ruf hatte sie Wencke nicht aufgeklärt, sie hatte sie sogar noch in die Höhle des Löwen geschickt. Von wegen, *Jasper hat da ein paar Schwierigkeiten mit Veit Konstantin.* Die letzte halbe Stunde hatte sie einzig und allein Rika zu verdanken. Und es war eine der schlimmsten halben Stunden ihres Lebens gewesen.

Denn Sanders hatte sie die ganze Zeit mit seinem Blick fixiert. Sie kannte den Ausdruck, sie wusste ihn zu deuten. Er wartete nur darauf, dass sie einen Fehler beging, in ein Fettnäpfchen trat oder sich sonst wie blamierte. Und er erwischte sie des Öfteren dabei. Den anderen Kollegen mochte es wohl entgehen, sie aber war sich des Kleinkrieges bewusst, den Sanders seit ihrer Beförderung angezettelt hatte. Normalerweise interessierte es sie nicht im Geringsten. Doch heute war es anders: Sie hatte sich einen groben Schnitzer erlaubt. Wenn er wollte, so könnte er sie noch heute mit einem Anruf in Aurich bloßstellen. Sie hatte zwar nicht bewusst in seine Ermittlungen eingegriffen, schließlich wusste sie bis vor einer Stunde noch nichts über den Tod des Mädchens, doch sie hatte sich mit dem Dienstausweis Zutritt zur Wohnung der Konstantins verschafft. Und das war ein Fehler gewesen. Es würde ihr eine ernste Verwarnung einbringen.

«So ein Schwachsinn! Mein Bruder ist kein böser Onkel, der blutjunge Mädchen vernascht.» Wencke wünschte, sie könnte diesen Satz auch mit der Gewissheit glauben, mit der sie ihn aussprach. Denn eigentlich wusste sie gar nicht, wen Jasper nun vernaschte und wen nicht.

Höchstens Rika, klar, das lag natürlich auf der Hand. Und Rika war weder besonders jung noch in irgendeiner Weise mädchenhaft, alles andere als eine Lolita. Wencke hatte sie zwar erst drei oder vier Male gesehen, doch ihre mütterliche Oberweite und das gebärfreudige Becken waren ihr noch gut im Gedächtnis geblieben. Eine Vollblutfrau, für Rubens etwas zu mager und für den Laufsteg etwas zu rund. Doch zugegeben: Eigentlich hatte sie schon immer gedacht, dass Rika nicht zu Jasper passte. Warum, das konnte sie nicht genau sagen. Oder vielleicht doch? Rika war erwachsen, das war es. Rika war erwachsen und Jasper war ein Kind. Hatte das etwas zu bedeuten?

Warum hatte Sanders nicht den Hörer abgehoben? Er hätte doch bloß über den Schreibtisch der Norderneyer Kollegin greifen, eine Nummer wählen und sich mit der internen Ermittlung verbinden lassen müssen, wenn er die Durchwahl nicht sogar auswendig kannte. Doch er hatte es nicht getan. Er hatte in diesem fremden Büro gesessen, sie nicht aus den Augen gelassen und sich dabei offensichtlich sehr wohl gefühlt. Wencke war schlagartig klar geworden, was er bezweckte. Er wollte sie in die Enge treiben. Er wollte, dass sie einen weiteren Fehler beging. Eine ernste Verwarnung war ihm nicht genug. Er wollte ihren Stuhl.

«Mein Bruder wird heute vierzig. Ich habe mich heute Morgen entschieden, ihn zu besuchen.» Wencke war sich beinahe lächerlich vorgekommen, weil sie sich vor Axel Sanders, ausgerechnet vor ihrem neunmalklugen Kollegen Axel Sanders, rechtfertigen musste.

Und dann die Krönung: «Ich dachte, Sie wollten mit Ansgar nach La Palma?»

Woher wusste Sanders den Namen ihres Freundes?

«Falsch gedacht.» Wencke war auf der Hut, kein persönliches Wort mehr, dieser Sanders sog alles auf wie ein Schwamm, er hatte keine Skrupel, selbst vor ihrem Privatleben machte er nicht Halt.

«Und wo ist Ihr Bruder jetzt? Warum sitzen Sie mit Dienstausweis bei Familie Konstantin in der guten Stube, statt ausgiebig den runden Geburtstag im Kreise der Familie zu feiern?»

Sätze waren ihr die Kehle hinaufgekrochen: Soll das etwa ein Verhör sein? Bin ich Ihnen in irgendeiner Weise Rechenschaft schuldig? Können Sie sich nicht um Ihren Job statt um meine Privatangelegenheiten kümmern? Doch Wencke hatte es geschafft, die Worte mühsam wieder hinunterzuschlucken. Es war besser so, er hatte sie in der Hand. So ein Mist aber auch.

Und Rika hatte alles angezettelt. Vielleicht nicht bewusst, doch mit ihrer Art, Unwichtiges breitzutreten und Wesentliches für sich zu behalten, hatte sie Wencke in diese unmögliche Situation gebracht. Schönen Dank auch, liebe Beinahe-Schwägerin.

«Hast du schon Feierabend?», brachte Wencke trotz allem mit zuckersüßer Stimme hervor.

Rika drehte sich um. «Wencke! Komm, hol dir ein Glas aus der Wohnzimmervitrine und stoß mit mir auf Jaspers Vierzigsten an!» Ihre Stimme klang träge und schwer, sie hatte sich

anscheinend schon einige Male selbst zugeprostet. Die Sekt-
flasche war voll, doch als Wencke das Glas holte, sah sie eine
bereits geleerte im Flur stehen. Also dann – auf ihr Wohl!

Wencke schenkte sich selbst ein und goss Rika nach. Nach
dem ersten Schluck musste sie aufstoßen. Sie mochte eigentlich
keinen Sekt, auch kein Bier, alles, was prickelte, war Wencke
zuwider. Rika trank hastig, es ging ihr nicht gut, gar nicht gut.
Obwohl Wencke sie nicht wirklich kannte, fiel ihr das Elend
auf, das mit Rika in der Hängematte zu liegen schien.

«Mein Rücken, weißt du …» Rika schob sich die Hand unter
das Becken, sie trug noch den Schwesternkittel. «Ich habe mich
heute etwas früher verabschiedet. Kann nichts mehr heben.
Aber setz dich doch.»

Wencke blieb lieber stehen. Zwischen den dichten Kiefern
am Ende des Gartens hindurch fiel etwas Sonnenlicht direkt
auf ihr Gesicht. Sie schloss die Augen. Der leise, stetige Insel-
wind fächelte ihr sanft wie ein Seidentuch die Hitze aus dem
Körper, die Sonne und Wut in ihr aufgestaut hatten. Und endlich erinnerte sie sich wieder daran, dass sie Urlaub hatte.

«Willst du eine?», fragte Rika, und als Wencke zu ihr blickte,
hielt sie ihr die Zigarettenschachtel entgegen.

Wencke schüttelte nur den Kopf. Jetzt nicht, sie hatte gerade einen Geruch wahrgenommen, der gut tat. Ein wenig nach
frischem Heu und nach Rosen, und als sie tief Luft holte, erkannte ihre Nase noch einen Hauch von Meer und nassem
Sand. Sie hatte lange schon nicht mehr so intensiv auf ihren
Geruchssinn geachtet. Zigarettenqualm schob sich aufdringlich dazwischen. «Na gut, ich rauche eine mit.»

Sie setzte sich auf den Rasen, zog die Schuhe aus und lehnte
sich zurück, das Gesicht weiter dem Licht zugewandt. «Was ist
mit Jasper?»

«Wir haben uns gestern Abend gestritten.»

Sie schaute Rika nicht an, doch deren Stimme klang, als hätte sie die Unterlippe vorgeschoben.

«Ist er deswegen nicht da?»

«Ach, das glaube ich nicht. Wir streiten uns in letzter Zeit ständig. Warum sollte er mich ausgerechnet heute verlassen? Mitten in der Saison!» Sie trank einen beachtlichen Schluck. «Du kennst doch deinen Bruder.»

Wencke schenkte ihr nach. Warum nahm eigentlich jeder hier an, dass sie Jasper kannte? Je länger sie auf Norderney war, desto fremder erschien er ihr.

«Wenn du wissen willst, worum es bei unserem Streit ging …»

«Ich will es nicht wissen.»

«… es ging um seine Band und die Kinder, mit denen er seine Zeit verbringt. Seine ganze Zeit, verstehst du? Nicht dass ich von ihm etwas anderes erwarten, geschweige denn verlangen würde, doch er schadet sich selbst damit. Er bremst sich aus. Seine ganze Energie steckt er in diese Projekte, da bleibt nichts mehr für ihn übrig. Er macht keine Fotos mehr, er schreibt kaum noch Texte, alles, was er davon hat, ist eine Menge Ärger.» Wieder war das Glas in ihrer Hand leer. «Wollen wir losziehen?»

Mit allem hatte Wencke gerechnet, nur nicht damit. Sie hatte sich schon auf einen Abend Beziehungswälzerei mit ihrer ungeliebten Schwägerin eingestellt. Und alles war besser als das. «Klar, ziehen wir los. Und dein Rücken?»

«Habe ich mir heile gesoffen!» Rika fiel fast aus der Hängematte, doch als sie stand, waren ihre Schritte einigermaßen sicher und beinahe geradeaus. «Ich mache mich eben noch etwas ansehnlicher. Klitzekleinen Moment, Wencke.»

Sie zog sich am Geländer die schmale Treppe hinauf. Wencke blieb im Flur stehen und betrachtete sich in dem alten, fast schon blinden Ganzkörperspiegel, der an der Wand hing und ganz nach Jasper und Flohmarktschnäppchen aussah. Kurz überlegte sie, sich ebenfalls etwas ansehnlicher zu machen, denn ihr Spiegelbild erzählte eine Menge über den chaotischen Tag, den sie nun schon fast hinter sich gebracht hatte. Ihre kurzen Haare standen links störrisch ab, was eigentlich auch ganz witzig aussah, wenn sie nur nicht rechts unbarmherzig platt und schlaff am Kopf geklebt hätten. Zudem war mal wieder eine Nachtönung fällig, das Rot in ihrem Haar war bereits herausgefallen, wie es ihre Friseurin immer ausdrückte. Mit Wenckes eigenen Worten: Es sah nicht mehr wie Cayennepfeffer, sondern eher wie Kieselerde aus. Dafür leuchtete ihre Nase umso mehr. Wann hatte sie sich diesen Sonnenbrand geholt? Das weiße Feinripp ihres T-Shirts war unter den Armen schon etwas feucht und muffig, die kurze Jeans hatte etwas von dem Tee abbekommen, den sie bei den Konstantins trotz dickem Kloß im Hals hinuntergewürgt hatte.

Als sie in ihrer Reisetasche nach ein paar frischen Klamotten wühlte, klingelte das Telefon.

«Geh bitte ran», rief Rika von oben, es hörte sich an, als ob sie sich gerade die Zähne putzte. «Ist wahrscheinlich noch ein später Gratulant …»

Es rauschte und knisterte in der Leitung. Wenckes Herz schlug schneller. War es Jasper? O bitte, lass es Jasper sein, ich würde zu gern wissen, ob alles in Ordnung ist.

Mit einem Mal wurde ihr klar, dass sie verdammte Angst um ihn hatte. Er war immer noch nicht da, er war in einen Todesfall verwickelt und er hatte Feinde von der Sorte, wie Veit Konstantin einer war. Und dies ließ das Schlimmste nicht unmöglich erscheinen: dass Jasper etwas zugestoßen war. Etwas, das es ihm unmöglich machte, zurückzukommen. Es konnte sein, dass er nicht mehr lebte. O Gott!

«Hallo?», fragte sie erneut.

«Wencke? Bist du es? Hier ist Ansgar.»

«Ansgar!» Sie riss sich zusammen, um die Enttäuschung nicht durch den Hörer zu schicken. Woher hatte er diese Telefonnummer? Wahrscheinlich in seinem kleinen blauen Notizbuch irgendwann sorgsam notiert, für den Fall der Fälle, so wie heute, und man kann ja nie wissen.

«Schatz, ich bin gut gelandet. Wollte ich dir nur sagen, damit du dir keine Sorgen machst.»

Nicht eine Sekunde lang hatte sie sich Sorgen gemacht.

«Das ist lieb von dir.»

«Das Wetter ist zur Zeit nicht so überragend. Doch der Osten von La Palma soll ja angeblich der Teil mit der höchsten Niederschlagsmenge der gesamten Kanarischen Inseln sein.»

«Aha», antwortete sie lahm. War so ein Auslandstelefonat nicht unglaublich teuer?

«Ist Jasper schon wieder aufgetaucht?»

«Wie bitte?» Sie hatte ihn sehr gut verstanden, trotz des Rauschens in der Leitung, seine Stimme war glasklar.

«Ob Jas-per schon wie-der auf-ge-taucht ist!», wiederholte er laut, als spräche er mit einer Schwerhörigen. Wencke stellte sich vor, wie er irgendwo in einer spanischen Telefonzelle in der Pampa stand und in den Hörer schrie.

«Ansgar? Tut mir Leid, ich kriege dich kaum mit!»

«Ich verstehe dich sehr gut. Schatz? Wencke? Alles in Ordnung?»

«Bist du noch dran?»

«Ja, ich bin noch dran. Es ist alles in Butter.»

«Ich verstehe kein Wort», sagte sie, dann legte sie auf.

Rika kam die Stufen herunter, sie hatte sich schnell umgezogen und trug einen Ledermini, der ihre kräftigen Beine so richtig zur Geltung brachte. Doch ihre Haare waren super, zweifelsohne, sie fielen satt und dunkel auf das rote T-Shirt. Rika war die schönere von ihnen beiden heute Abend. Es war egal, ob Wencke sich nun noch umzog oder nicht.

«Also los», sagte sie. «Wo gehen wir hin?»

«Kneipentour, dachte ich. Hier gibt es so viele Bars und Lokale, es wäre schade, wenn wir sie nicht alle abklappern würden. Und irgendwo bleiben wir dann hängen.» Es war Rika nicht mehr anzumerken, dass sie zu viel getrunken hatte und unter Rückenschmerzen litt.

Und Wencke freute sich darauf, ihrem total versauten ersten Urlaubstag mit einer Menge Rotwein und ungezählten Zigaretten die Krone aufzusetzen.

«Vielleicht treffen wir Remmer», sagte Rika. «Er ist einer von den Piraten, aber ganz solide und vernünftig. Du wirst ihn mögen.»

Das bezweifelte Wencke stark.

12.

«Gute Nacht, Britzke.»

«Nacht.»

Sanders lag unzufrieden, sehr unzufrieden neben seinem Kollegen im Ehebett und versuchte zu schlafen. Sie waren in einem kleinen Hotel gelandet. Ein romantisches, zitronengelb gestrichenes Doppelzimmer mit französischem Bett, Blumengardine und separater Dusche mit Klo hinter der weißen Tür gegenüber.

Zu dumm, dass die beiden freien Quartiere im Personalgebäude der Polizei ausgerechnet in dieser Woche renoviert werden mussten.

Er trug nur seine Unterhosen. Das Hemd musste morgen noch einmal herhalten, und die Hose hing zum Trocknen über dem Handtuchhalter im Bad. Er hatte lange geschrubbt, bis diese verdammte Fahrradschmiere aus dem Stoff verschwunden war. Dieses rostige, verfluchte Vehikel, es war Wencke Tydmers' Rad. Sie hatte es zum Polizeirevier geschoben, und er hatte sie in diesem Moment noch ein wenig mehr verflucht, als er es ohnehin schon tat.

Sanders wälzte sich auf den Rücken. Eigentlich schlief er auf der rechten Seite, weil dies laut seinem Physiotherapeuten für den Kreislauf und den Rücken die optimale Haltung war. Doch heute ging das nicht, denn dann hätte er Meint Britzkes behaarte Schulter direkt vor der Nase gehabt, und das war unzumutbar.

Also starrte er an die Decke und überlegte, was am heutigen Tag eigentlich das Schlimmste gewesen war.

Es war nicht die schlechte Laune der Kollegen heute Morgen in Aurich gewesen, auch nicht die Fahrt mit der Fähre auf eine Insel, die sich als kleine, mondäne Stadt entpuppt hatte.

Alles erträglich, auch der knurrende Magen, alles im Rahmen des Machbaren. O.k., der Anblick von Wencke Tydmers im Wohnzimmer der Familie Konstantin war schon starker Tobak gewesen, und als er und Britzke die letzte Fähre zum Festland nur um ein paar Minuten verpasst hatten, da hatte er auch den Kaffee aufgehabt. Aber das Schlimmste, das absolut Schlimmste heute war diese Gleichgültigkeit in Wencke Tydmers' Gesicht gewesen, als er ihr den Marsch geblasen hatte.

Axel Sanders drehte sich auf den Bauch. Meint Britzke atmete unangenehm dicht neben ihm in ruhigen, gleichmäßigen Zügen. Er schlief schon. Manchmal wünschte Sanders sich nur ein kleines Stückchen von Britzkes Gelassenheit. Auch wenn einem eine solche Einstellung keine glänzende Karriere bescherte, sie ließ einen zumindest ruhig schlafen.

Wencke Tydmers schlief mit Sicherheit auch ihren unschuldigen, süßen Schlaf. Sie schien ein reines Gewissen zu haben, vielleicht hatte sie tatsächlich lediglich ihren seltsamen Bruder besuchen wollen, nicht nur vielleicht … Denn was Axel Sanders sich noch sehnlicher wünschte als die Seelenruhe dieses schlafenden Mannes neben ihm, war die grundehrliche, diese wunderbar offene Art seiner Vorgesetzten, seiner Konkurrentin, seiner heimlichen Liebe …

Er drehte den Kopf ärgerlich zur Seite. Wozu einen eine schlaflose Nacht in einem fremden, kuscheligen Doppelzimmer doch alles hinreißen konnte.

Die Leuchtziffern des Radioweckers verrieten ihm, dass es bereits 23 Uhr war. Um diese Zeit schlief er normalerweise seit einer halben Stunde. Sanders hatte einen genauen Plan, den er befolgte, um so seine Energie auf den höchsten Level zu bringen. Ein ganz besonders wichtiger Punkt in diesem Plan waren acht Stunden Nachtschlaf. Wenn er sie heute nicht bekam, und alles sah danach aus, dass es eine grauenvolle Nacht werden würde, dann wäre er morgen nicht in dem Maße einsatzbereit, wie man es von ihm gewohnt war. Diese Erkenntnis setzte ihm zu. Er hatte fast keine Chance, diesen Fall hier zu seiner eigenen und zur allgemeinen Zufriedenheit zu lösen.

Er könnte nur versuchen zu schlafen, mit ein wenig Meditation würde es vielleicht sogar funktionieren, auch das hatte er beim Seminar auf Menorca gelernt. Konzentriertes Abschalten. Er versuchte, seine mentale Mitte zu finden. Doch die Gedanken begannen sich jedes Mal selbständig zu machen, sie kreisten wie von Zentrifugalkraft getrieben in seinem Kopf umher. Er fand zwar die Mitte, doch die verhängnisvollen Fragen und Antworten schleuderten ihn jedesmal wieder zurück ins Chaos.

Wencke suchte ihren Bruder. Jasper Tydmers war ein Mann mit beschämender Neigung zu blutjungen Mädchen. Leefke Konstantin hatte engen Kontakt zu Tydmers. Er hat sie durcheinander gebracht und ins Unglück gestürzt. Sie ist vom Klinikdach gesprungen. Oder gesprungen worden? Von Jasper Tydmers? Wenckes Bruder auf der Flucht? Und Wencke fungierte als Helfershelferin?

Was stimmte von alledem und was war Gerücht, Geschichte vom Hörensagen, aufgebauschte Vermutung?

Und vor allem: Was war vielleicht eigenes Wunschdenken?

Der Wirrwarr im Kopf begann sich nur langsam zu ordnen.

Ein klarer Fall von Selbstmord, von Verführung Minderjähriger und von Vereitelung einer Straftat unter widerrechtlicher Nutzung des Dienstausweises, das war es, was Axel Sanders dachte – und wollte.

Das Karussell im Hirn kam zum Stehen, und Axel Sanders schlief ein, ein sanftes Lächeln auf dem Gesicht.

13.

Remmer hatte die beiden betrunkenen Frauen im «Möpken» entdeckt. Ganz hinten an der Wand unter dem großen Blechschild mit Coca-Cola-Werbung hatten sie mit glasigem Blick ins Nichts geschaut und Sekt getrunken. Rika sah aus, als hätte sie geheult. Vielleicht kam es auch vom Zigarettenqualm, es war Montagabend, doch die Kneipe war voll bis in den letzten Winkel, und der Rauch kroch zwischen den Körpern hindurch wie Seenebel.

Als er die schmale Treppe in den Keller hinabgegangen war, hatte er nicht vorgehabt, etwas zu trinken. Er wusste eigentlich gar nicht, was er überhaupt heute Abend vorgehabt hatte. Doch nun drängte er sich gleich an den Tresen, bestellte zwei Sekt und ein Bier und kämpfte gegen das Herzklopfen an. Rika hatte er hier nicht erwartet. Sie ging sonst woandershin. Wenn überhaupt. Oder war Jasper wieder aufgetaucht?

Die beiden hatten ihn noch nicht bemerkt, so konnte er in aller Ruhe einen Blick riskieren. Rot stand Rika gut, sehr gut sogar, darüber konnte selbst der etwas entglittene Gesichtsausdruck nicht hinwegtäuschen. Die Frau neben ihr kannte er nicht. Er brauchte sie jedoch nur für einen kurzen Moment zu betrachten, um zu wissen, wer sie war: die gleichen störrischen Haare, wenn auch rot gefärbt; ein Paar Augen, die etwas schärfer zu sehen schienen als die Augenpaare ringsherum; ein kurzes, aber heftiges Lachen, welches die Lippen auseinander zog und die weißen Zähne zeigte, wie ein Vorhang, der sich öffnete, um eine sensationelle Show zu präsentieren. Dies musste Jaspers Schwester sein. Sie hatte einen ähnlich außergewöhnlichen Vornamen und arbeitete bei der Polizei, mehr wusste Remmer nicht. Jasper erzählte zwar viel, doch seine Familie sparte er dabei aus.

Er klemmte sich die Sektgläser zwischen die Finger seiner rechten Hand, das Bier nahm er in die linke, dann drängte er sich an der zweiten Theke, die mitten in den Raum reichte, vorbei, schob vorsichtig ein paar wippende Touristenkörper zur Seite und versuchte, sich schlanker, krummer, wendiger zu machen. Ein paar Tropfen Sekt liefen über die nackte Schulter einer Braungebrannten, er entschuldigte sich. «Sünde am Strand» ergoss sich aus den Boxen hinab in die Menschenmenge, einer der unbekannteren, weniger eingängigen «Piraten»-Songs. Er hatte nicht gewusst, dass sie im «Möpken» ihre Musik spielten. Vielleicht sollte er sich öfter hier blicken lassen.

Dann stand er neben ihnen.

Er war zu langsam gewesen, sie hatten sich bereits eine neue Runde genehmigt, der Sekt in ihren Händen sprudelte fast aggressiv im Gegensatz zu seinem, der nach einer Odyssee im Norderneyer Kneipengewimmel eher wie warme Apfelschorle aussah.

«He», mehr brachte er nicht zustande.

«Remmer!», schrie Rika. Sie schien wirklich begeistert zu sein – oder wirklich betrunken. Remmer hoffte Ersteres. «Ich hab's mir irgendwie gedacht, dass wir dich heute Abend treffen, hab ich doch, oder, Wencke?»

Genau, Wencke hieß die Schwester von Jasper. Wencke Tydmers. Sie schien nicht zu reagieren.

«He, Wencke, hab ich nicht vorhin beim Losgehen gesagt: Vielleicht treffen wir ja Remmer? Den wirst du mögen! Hab ich doch?»

Wencke schaute ihn mit verschwommenem Blick an, nickte kaum merklich und wandte sich wieder ab. Sie war nicht so hübsch, wie sie es als Jaspers Schwester hätte sein können. Doch vielleicht lag es auch am Alkohol.

«Ich habe euch beiden Sekt mitgebracht», sagte Remmer und strengte sich sehr an, nicht allzu anbiedernd zu klingen.

«Oh, danke, danke. Eigentlich hatte ich Wencke versprochen, dass dieser unser Letzter ist, aber den einen hier kriegen wir auch noch runter.» Rika nahm ihm in ihrer resoluten Art die Gläser ab. «Schau, der eine hat sowieso schon Federn gelassen, den kriegst du, liebe Ex-Schwägerin.»

«Wenn ich den trinke, dann muss ich k…, ähm … dann kann ich für nichts garantieren. Eigentlich hasse ich nämlich Sekt. Ich kriege ekelhaftes Sodbrennen davon.»

«Das sagst du schon seit zwei Stunden, aber was anderes bestellt hast du dir trotzdem nicht.» Rika trank. Nicht gierig, aber schnell. Sie tat ihm Leid.

«Was bedeutet das Ganze mit ‹Ex-Schwägerin›?», fragte er.

«Sie ist Jaspers Schwester, und Jasper ist ab heute mein Ex. Deswegen.»

«Habt ihr euch getrennt?» O Mann, hoffentlich klang dieser Satz nicht so erfreut, wie er gemeint war.

Rika rutschte von der Sitzbank, der Minirock klappte kurz hoch, ihre Beine waren weich und rund und wunderbar, dann legte sie ihre Arme locker um seinen Hals. Er schnappte nach Luft.

«Ich habe mich getrennt. Jasper ist ja dummerweise immer noch nicht aufgetaucht, damit ich es ihm sagen kann. Sozusagen als nachträgliches Geburtstagsgeschenk: Schatz, ich hab die Schnauze voll von dir, bye-bye …»

Es fühlte sich gut an, sie so nah zu spüren. Auch wenn sie verschwitzt und klebrig war und dementsprechend roch, wusste er, ihre Arme waren so samtig, wie er es sich immer vorgestellt hatte, vielleicht noch ein wenig zarter. Sie war Krankenschwester, sie musste mit diesen Armen heben und halten, aber auch trösten und streicheln. Er wünschte fast, sie hinge nicht an sei-

nem Körper, denn in diesem Moment war er in seiner Schwär-
merei verloren gegangen wie ein Stück Treibholz im Meer.
Keine Chance mehr, die Situation in den Griff zu bekommen, er
war ihrer Willkür ausgeliefert. Fast hätte er sie geküsst.

Wie um sich selbst zurückzuholen, sagte er das Nüchterns-
te, was ihm in seinem verwirrten Männerschädel einfiel: «Wir
sollten Jasper suchen gehen.»

Sie löste sich von ihm. Es war schade, aber besser so. «Warum?»

«Weil ich glaube, dass irgendetwas nicht stimmt.»

Jaspers Schwester lehnte mit dem Oberkörper schwer an der
Holzfläche des Tresens. Sie war sturzbetrunken, doch sie schien
das Gespräch zu verfolgen, zumindest schob sie ihre Arme weiter zu ihm hinüber und legte den Kopf schräg. «Ich bin ganz
deiner Meinung», nuschelte sie.

«Rika, du musst zugeben, es ist schon irgendwie auffällig:
Leefke Konstantin wartet auf ihn vor dem Probenbunker, er
kommt nicht. Das Mädchen wird noch am Leuchtturm gesehen, und jeder hier auf Norderney weiß, dass sie sich dort seit
dem Tod der alten Frau oft mit Jasper getroffen hat. Kurz darauf
stürzt sich die Kleine vom Dach eurer Klinik, aber Jasper bleibt
verschwunden. Und das an seinem vierzigsten Geburtstag.»

Rika schaute ihn nur mit ihrem lasziven, etwas versoffenen
Blick an. Wollte sie vielleicht gar nichts darüber hören?

«Bitte, hör mir zu: Ich mache mir Sorgen um Jasper. Gut, er
ist kein Kind mehr …»

«Ist er doch!», warf Rika mit schmollendem Kussmund dazwischen.

«Rika, er hat hier auf der Insel Feinde, hörst du? Er hat sich
mit dem Konstantin-Clan angelegt, und du weißt, dass diese
Familie, nun, wie soll ich sagen … diese Familie alles andere
als harmlos ist.»

Rika sah ihn entsetzt an. Hatte sie begriffen, was er meinte?

«Remmer, du bist echt ein vernünftiger Kerl, ich find es toll, dass du dir so Gedanken machst, auch wenn es nur wegen der Musik ist, die ihr ohne Jasper nicht spielen könnt. Aber echt, glaube mir, ich finde dich toll.»

Remmer wollte es sagen. Jetzt oder nie. Es war unpassend und billig, denn sie war betrunken und verwirrt, aber er musste es ihr jetzt sagen, dass er sie liebte.

In diesem Moment kippte Wencke von der Bank. Sie fing sich etwas tollpatschig mit den Ellenbogen ab, doch in ihrem Gesicht war die Panik zu sehen. «Leute, ich muss raus, ich habe euch gewarnt. Ich vertrage keinen Sekt ... o Scheiße ...»

Remmer fasste sie hart am Unterarm, Rika bahnte ihnen so schnell wie möglich einen Weg durch die Menge.

«Wir zahlen später, Ingo», rief sie dem Typ hinterm Tresen zu, der verständnisvoll zurücknickte. Wahrscheinlich wollte er nur nicht, dass ihm jemand in sein Lokal kotzte.

Wencke hielt sich tapfer die Hand vor den Mund. Sie schaffte es zum Glück noch die Stufen hinauf und das kleine Stück aus der Ladenpassage, doch an den Fahrradständern vor der alten Post blieb sie vornübergebeugt stehen und zitterte am ganzen Körper, während sie gequälte Würgegeräusche von sich gab. Rika hielt sie am Arm.

Er hatte sich zum Glück rechtzeitig in Sicherheit bringen können. Aber auch aus der Entfernung fand Remmer die Situation unzumutbar. Er musste sich anstrengen, um diese Wencke Tydmers nicht aufs herzlichste zu hassen. Sie hatte alles kaputtgemacht.

Andererseits war es vielleicht auch besser so. Sie war weiterhin ungesagt, diese Sache mit der Liebe. Er atmete tief durch, dann ging er nochmals hinunter, bestellte ein Mineralwasser zum Mitnehmen und bezahlte. Alles zusammen war es eine beachtliche Summe.

Das Intermezzo war vorüber, als er wieder an der frischen Luft war. Wencke saß zusammengekauert auf einer Bank, während Rika sich wie ein kleines Kind rittlings auf einen der bronzenen Seehunde gesetzt hatte, die hier die Fußgängerzone schmücken sollten.

Er kramte in seiner Jackentasche nach einem Fisherman's.

«Hier», sagte er nur knapp und gab Wencke die Flasche und das Lutschbonbon.

«Danke», antwortete sie, und es war ihr anzusehen, dass sie sich in Grund und Boden schämte. «Entschuldige bitte.»

«Ist schon okay.»

Rika schwang sich übermütig auf der Robbenstatue hin und her. «Ich hab dir doch gleich gesagt, der Remmer ist ein echter Schatz.»

«Falls du irgendwie vorhast, uns zu verkuppeln, dann schlage es dir sofort aus dem Kopf, Rika. Nach meiner kleinen Showeinlage eben habe ich sowieso keine Chancen mehr.»

Remmer musste lachen. Sie hatte Humor, diese Wencke, und Humor mochte er. Er beschloss, sie doch nicht auf immer und ewig zu hassen. «Gehen wir zum Strand, meine Damen», sagte er. Und einen Moment später sprangen die beiden tatsächlich auf und standen an seiner Seite.

Remmer hatte das Gefühl, dass sie schweigend die paar Schritte bis zur Strandpromenade gingen, auch wenn Rika die ganze Zeit erzählte. Es war ein Kauderwelsch aus Schimpfereien auf Jasper, Wehklagen über ihre Arbeit und halbherzigem Ehrgeiz, Jasper zu finden. Remmer hörte nicht hin. Er lauschte nur dem Klang ihrer Stimme, wie andere vielleicht dem Meeresrauschen.

Wencke sagte nichts. Es schien ihr wieder besser zu gehen.

Erst als sie den grünen Wall bestiegen hatten, der hinter sich ein wenig geheimniskrämerisch das Meer verbarg, öffnete sie den Mund, holte tief Luft und blieb stehen.

«Kein Grund zur Beunruhigung. Mir geht es gut. Ich hatte nur irgendwie vergessen, dass wir auf einer Insel sind.» Sie ging weiter, zog sich im Laufen die Schuhe von den Füßen und stand erst wieder still, als die sanften, kleinen Sommerwellen ihre Knöchel umspülten.

Es war Meeresleuchten.

«Ist es das, was ich denke?», fragte Wencke. Sie beugte sich hinunter und füllte die zur Schale geformten Hände mit funkelndem Wasser.

Manchmal wünschte Remmer sich, er könnte es auch noch einmal zum ersten Mal sehen. Obwohl es immer wieder überwältigend war. Er würde jedoch nie vergessen, wie er als kleiner Junge wegen seines Hautausschlages zum ersten Mal auf die Insel gekommen war und sie dann mit der Kinderklinik eine Nachtwanderung im Meeresleuchten unternommen hatten. Vielleicht war es schon damals gewesen, dass er sich für ein Leben auf Norderney entschieden hatte.

Sie waren nackt in die Fluten gesprungen und waren mit offenen Augen getaucht, was zwar höllisch brannte, wobei aber alles aussah wie der Vorspann von *Raumschiff Enterprise*: Tausend flüchtige Lichter peitschten in der Dunkelheit an ihm vorbei, und er fühlte sich so schwerelos und überwältigt, als begegnete er neuen Welten, die nie zuvor ein Mensch gesehen hatte. Der kleine Remmer war der Letzte gewesen, der den Heimweg angetreten hatte.

Rika tanzte am Spülsaum und freute sich wie ein Kind über die glühenden Ovale, die ihre Schritte im Sand hinterließen. «Es ist so toll, es ist so toll!», kreischte sie, vielleicht ein wenig zu laut, aber so war sie nun mal.

Er ging ein paar Schritte weiter und setzte sich auf einen Steinwall, der ins Meer hineinragte und an dessen Rand sich die Gischt wie ein kleines Feuerwerk entlud. Er beobachtete Wencke, die sich langsam, fast wie in Trance, die Kleidung ablegte und dann ins Meer schritt, Stück für Stück, bis sie einen Satz nach vorn wagte und mit dem ganzen Körper im Wasser verschwand.

Remmer machte sich Sorgen, sie war noch betrunken, es war ablaufend Wasser und er wusste nicht, wie gut sie schwimmen konnte. Also behielt er sie im Auge, auch wenn er viel lieber Rika beim Herumtollen zugesehen hätte. Doch Wencke schien wieder nüchtern zu sein, sie schwamm in geraden Bahnen parallel zur Wasserkante, und als sie an die Buhne gelangte, auf der er saß, hob sie den Arm aus dem Wasser und winkte ihm zu, so als wäre sie sich seiner Gedanken bewusst.

Schließlich kam sie wieder an Land und zog sich das T-Shirt über den nassen Kopf. Sie rannte auf ihn zu.

«Darf ich mich setzen?»

«Klar», er rückte ein Stück zur Seite. Sie war ihm ein wenig zu nackt.

«Pass auf, ich denke, ich bin jetzt wieder bei klarem Verstand. Die Sache mit Jasper, die du vorhin in der Kneipe angesprochen hast, die sehe ich ganz genau so.»

Er schaute sie von der Seite an. Sie hatte ihr Shirt über die angewinkelten Beine gezogen und blickte ernst auf den Horizont.

«Du meinst auch, wir sollten ihn suchen?»

Sie nickte. «Erstens habe ich es meiner besorgten Mutter versprochen, und zweitens kommt es mir auch reichlich zufällig vor, dass Jaspers Verschwinden und der Tod von Leefke Konstantin ausgerechnet in dieselbe Nacht fallen. Ich habe nur ein Problem.»

Sie sah ihn direkt an.

«Ich muss verdammt vorsichtig sein, wenn ich Nachforschungen anstelle, weil ich absolut nicht die Befugnis dazu habe. Und mein Kollege Sanders, der im Fall Leefke Konstantin ermittelt, wartet nur darauf, mir eins überzubraten.»

«Du meinst, wir sollen dir helfen?»

«Nein, nicht ihr, sondern du. Denn wenn ich ehrlich bin, habe ich das Gefühl, Rika ist nicht ganz aufrichtig, was die Sache mit Jasper angeht. Sie verschweigt etwas, und sie manipuliert ein wenig. Ich weiß ja nicht, wie eng du mit ihr befreundet bist, und es kann auch sein, dass ich mich täusche, aber bislang hat mich mein Bauchgefühl fast nie getrogen.»

«Und dein Bauchgefühl sagt dir jetzt, dass ausgerechnet ich dir helfen kann?»

«Ja», sagte sie nur.

Er überlegte. Die Situation war verdreht, war nicht wirklich fassbar in diesem Moment. Er war kein Detektiv, er fühlte sich viel zu träge und schwerfällig, um Dingen auf den Grund zu gehen, die ihn eigentlich nichts angingen. Zudem war es ausgerechnet Rika, der er auf die Schliche kommen sollte. Er traute ihr nicht zu, dass sie, wie Wencke es ausdrückte, zu manipulieren versuchte. Er ahnte, dass diese Sache für ihn ungemütlich werden konnte, und er hasste es, unbequem zu sein.

Trotz allem war es ein verlockender Gedanke. Etwas anderes als Taxifahren, etwas anderes als Bassspielen, etwas anderes, als ständig an Rika zu denken.

«Geht in Ordnung. Ich rufe dich morgen an.»

Sie lächelte. «Also, in einem hatte Rika wirklich Recht.»

«Ja?»

«Du bist ein netter Kerl!»

14.

Jasper hatte sich seinen Vierzigsten irgendwie anders vorgestellt. Und bei allem Sinn für Humor, den er zweifelsohne besaß, dies ging nun doch ein bisschen zu weit.

Zuerst hatte er darauf gewartet, dass Leefke mit Rika zurückkam, so, wie sie es ihm zugesichert hatte. «Ich muss mir sicher sein, dass du noch hier bist, Jasper. Versprich mir, dass du hier auf uns wartest. Sie wird dir einiges zu erzählen haben, deine Rika, glaube mir. Also bitte, bleibe hier. Ich bin so schnell wie möglich wieder da.» Bis elf Uhr hatte er in diesem seltsamen, bis auf einen jämmerlichen Kellerschacht fensterlosen Wirtschaftsraum gesessen und den Wein getrunken, den sie ihm bereitgestellt hatte. Als er jedoch mit seiner Geduld am Ende war, wollte er zur Tür hinaus und nachsehen, wo Leefke blieb. Der Schreck traf ihn tief, als er erkannte, dass sie ihn eingeschlossen hatte.

Die Befürchtungen belagerten sein Herz nur kurze Zeit, dann wurde ihm klar, was für eine Verschwörung das sein musste: Der Uhrzeiger wanderte unaufhaltsam auf seinen Vierzigsten zu. Punkt Mitternacht würden die Türen mit einem schallenden «Happy Birthday» aufgerissen werden. Wie sollte es anders sein?

Mit ihren unschuldigen Kinderaugen hatte Leefke ihn unter einem Vorwand hierher gelockt, ihn außer Gefecht gesetzt, und gleich würden sie alle zum Feiern erscheinen: Rika und Leefke, Remmer und Tido, die Jugendlichen von der Waldkirche, vielleicht noch seine Mutter aus Worpswede und ganz vielleicht auch seine kleine Schwester Wencke, die ihn schon immer mal auf der Insel besuchen wollte. Grinsend war er aufgestanden und hatte die Sekunden gezählt, zehn, neun, acht, sieben, sechs, fünf, vier, drei, zwei, eins …

Nichts war geschehen. Es war nach zwölf, es war sein Geburtstag, und er war immer noch allein. Zu diesem Zeitpunkt hatte er das erste Mal das konkrete Gefühl gehabt, dass hier etwas ganz und gar nicht stimmte. Was hatte Leefke ihm erzählt?

«Ich kann nicht anders, ich muss dir die Wahrheit sagen. Du wirst mich hassen, du wirst uns alle hassen, weil wir dir nicht vertraut haben und es schon viel eher hätten erzählen müssen, und nicht erst jetzt, wo es viel zu spät ist. Aber es ist so schrecklich, Jasper, so schrecklich, dass ich mich dafür schäme. Und ich brauche Rika, damit du mir das Ganze auch glaubst. Sie weiß nämlich mehr als wir alle, und wenn sie dabei ist, dann wirst du wissen, dass es die Wahrheit ist.»

Jasper hatte immer gedacht, dass er Leefke kannte. Was war ihm entgangen?

Als er müde wurde vom Warten und vom Wein, da hatte er die Hoffnung bereits aufgegeben, dass sie diese Nacht noch zurückkommen würde. Eine alte Gartenliege in der Ecke musste bis morgen früh reichen. Doch er schlief schlecht; als er aus den kurzen Momenten des Schlafes erwachte, verfluchte er Leefke. Er hätte nie gedacht, dass er sie hassen könnte, doch für dieses Einsperren gab es keine Entschuldigung.

Eine Dose Leberwurst war sein Frühstück, viel mehr gab es hier nicht zu essen, nur noch zweimal Schweinskopfsülze, doch bitte nicht am frühen Morgen. Oma Alide war seit einem halben Jahr unter der Erde, warum also sollte es in ihrer Speisekammer aussehen wie im Schlaraffenland?

Und so hatte er seinen ganzen vierzigsten Geburtstag in einem gottverlassenen Raum in einem menschenleeren Haus am Ende der Insel verbracht. Jetzt war es schon achtundzwanzigeinhalb Stunden her, dass Leefke ihn hier eingesperrt hatte. Heute Mittag hatte diese grausame Langeweile dem letzten

Stück Hoffnung den Garaus gemacht. Er hatte ein paar Stunden damit verbracht, den Beipackzettel eines Unkrautvernichtungsmittels zu studieren. Es war Folter. Langeweile war für ihn die schlimmste Folter, unerträglicher noch als die Nacht auf der Liege. Warum tat Leefke ihm das an?

Weil er nicht bereit war, ihr das zu geben, was sie von ihm wollte? Dieses Thema war seiner Meinung nach schon längst abgehakt. Er war so sicher gewesen, dass sie sich die Liebe aus dem Kopf geschlagen hatte. Diese liebe, kluge Leefke. Hatte er sie falsch verstanden? Hatte er irgendwann einmal Hoffnungen in ihr geweckt und sie dann enttäuscht? Es würde ihm unendlich Leid tun, wenn es so wäre. Sie hatte ihr Limit bereits überschritten, jeder, der ihr Schmerz zufügte, hätte sie damit zerstören können. Und Jasper hatte dies stets bedacht, er war so behutsam mit ihr umgegangen.

Je länger er darüber nachdachte, und er hatte ja verdammt viel Zeit zum Nachdenken, desto mehr gelangte er zu der Überzeugung, dass es nicht Leefkes Schuld war, dass er immer noch hier saß. Sie hätte mit ihm so etwas nie gemacht.

Was hatte Rika mit der ganzen Sache zu tun? Was konnte sie schon wissen, was ihm nicht bekannt war? Rika hatte sich doch immer aus der ganzen Sache herausgehalten. «Was gehen mich die Kinder an?», hatte sie ihm oft mürrisch entgegnet, wenn er sich einmal mehr Hals über Kopf für die Jugendlichen eingesetzt hatte. Gestern erst hatten sie sich mal wieder deswegen in den Haaren gelegen. «Werde erst einmal selbst erwachsen, bevor du dir dein ganzes Leben wegen der Norderneyer Halbstarken schwer machst», waren ihre letzten Worte gewesen, wenn er sich recht entsann. Ihm war schon klar, dass Rika mit ihren Vorwürfen nicht ganz Unrecht hatte. Zum Glück hatte er eine Frau wie sie an seiner Seite. Auch wenn es ihm noch nie so bewusst war wie in diesem Moment: Hätte sie ihm nicht regelmäßig den Kopf zurechtgerückt, dann hätte er schon oft die Orientierung verloren.

Doch warum suchte sie nicht nach ihm? Warum schnappte sie sich nicht Leefke und zog ihr die Ohren lang, bis sie wusste, wo er war?

Es war Jasper zuwider, eine Frage nach der anderen in diesen kahlen Raum zu stellen. Es war niemand hier, der ihm auch nur die leiseste Antwort geben konnte.

Er sehnte sich nach einem Stück Papier und einem Stift. Seine Wünsche zum Geburtstag waren dieses Jahr sehr bescheiden.

An der Wand hing ein Plakat, das die Mülltrennung im Landkreis Aurich erklärte. Er konnte es bereits auswendig. Nun, er hatte nicht gewusst, dass Babywindeln in den Bioabfall gehörten, und es war ihm auch ziemlich egal. Er löste das Poster von der Wand und ritzte mit der Stecknadel kleine Striche auf die Rückseite. Es funktionierte. Er freute sich wie ein kleines Kind. Dann schrieb er langsam ein paar Worte auf, nahezu unsichtbar, doch wenn man später mit einem Bleistift darüber ging, würde man sie lesen können.

«Meine kleine Schwester», begann er.

Er hatte keine Ahnung, warum er ausgerechnet jetzt an Wencke dachte.

15. Wolkenlos und windstill, 29 °C im Schatten Was wäre gewesen, wenn sie es von Anfang an erzählt hätten? Pinki hatte sich diese Frage schon an die tausend Mal gestellt. Und die Antwort war immer dieselbe gewesen: Sie hätten ihnen nicht geglaubt.

Nicht, bis es sowieso zu spät gewesen wäre. Und dann hätten sie gesagt: Warum seid ihr nicht eher gekommen?

Bis gestern war Pinki sich selbst nicht hundertprozentig sicher gewesen, dass ihre Vermutungen stimmten. Doch Konstantin hatte sie nun davon überzeugt. Der blasse Schreck in seinem Gesicht, als sie Oma Alides Namen erwähnt hatte, war Beweis genug.

Leefke hatte niemals Zweifel daran gehabt.

Es war schon immer schwer gewesen, Leefke zu verstehen, weil sie eben so anders war als alle von der Waldkirche. Doch jetzt, wo Leefke nicht mehr da war, hätte Pinki gern mehr über sie gewusst. Warum hatte sie ihre Freundin nie danach gefragt? War Leefke vielleicht nie ihre Freundin gewesen?

Pinkis Mutter wirbelte um den Frühstückstisch herum. Sie war sicher froh, wenn nächste Woche die Schule wieder losging und die Familie fix und fertig und aus dem Haus war, wenn die Gäste in der Veranda ihr Frühstück verlangten.

«Denk bitte dran, die Damen von Zimmer drei nehmen nur Halbfettmargarine und koffeinfreien Kaffee», rief sie Dagmar beim Hinausgehen zu. Dagmar war Studentin und half in den Semesterferien in der Pension aus. Es kam oft vor, dass Pinkis Mutter sich mehr mit Dagmar unterhielt als mit dem Rest der Familie. Hochsaison. Es war schon immer so gewesen. Pinki wollte niemals das Haus übernehmen, wenn sie groß war. Ihre Eltern wussten es noch nicht. Doch dieser Tagesablauf mit

Tische eindecken, Zimmer putzen, Wäsche mangeln und Müll wegbringen, dazwischen ein paar freundliche Worte mit den Gästen wechseln, wenn man ihnen im Flur begegnete, es war das Leben, das Pinki zur Genüge kannte, aber nicht das Leben, welches sie in Zukunft führen wollte.

«Schatz, nimm bitte nicht von der Erdbeermarmelade, die ist für die Gäste. Im Kühlschrank ist noch ein Rest Pflaumenmus.» Die Mutter war wieder hereingekommen, sie zählte Brötchen ab, für jeden Gast ein normales und eines, das er gestern noch nicht hatte, Mohn oder Sonnenblumenkerne, dazu zwei Scheiben Graubrot. «Reichhaltiges Frühstück» stand bei ihnen an der Eingangstür.

«Ich habe einen Brief für dich, Rosa. Er lag unter der Fußmatte. Sag bitte deinen Verehrern, sie sollen ihre Liebesbriefe beim nächsten Mal bei der Post einwerfen, wenn du nicht willst, dass die Gäste sie finden und sich einen Spaß daraus machen, sie zu lesen.» Sie meinte es sicher nicht böse, ihre Mutter, so war sie nun mal. Pinki wollte sich nicht über ihre Eltern beklagen, sie waren zwar zutiefst langweilig, aber sonst absolut erträglich.

Der Brief war weder von Jens noch von Wilko, und von ihnen hätte sie es am ehesten erwartet, obwohl die ihre Botschaften eigentlich per SMS schickten. Ihr Name war mit Schreibmaschine auf den Umschlag getippt. Wer hatte heute noch eine Schreibmaschine?

Sie öffnete hastig das Kuvert. Es war nur ein Notizzettel.

«Wenn du so viel weißt, wie du vorgibst, dann halte dich besser zurück. Oder willst du Oma Alide und Leefke demnächst mit Handschlag begrüßen?»

Konstantin! Oder Rika?

Sie war fünfzehn und erhielt am Frühstückstisch ihre erste Morddrohung.

Sie beobachtete sich selbst ganz genau. Zitterte sie? Schlug ihr Herz schneller?

Nein. Sie hielt den Zettel in der Hand, las ihn erneut, doch es brach ihr kein kalter Schweiß aus, und sie biss herzhaft in ihr Marmeladenbrötchen.

«Und, wie ist der Brief?», fragte Dagmar mit amüsiertem Blick von der Spülmaschine her.

«Echt cool», sagte Pinki.

Hinter der Lippestraße begann die Insel. Ein Stück weit liefen sie auf dem Deich entlang, dann führte sie der hell gepflasterte Weg vom Wasser fort und schien die Insel einzuteilen: links von ihnen erst das Klärwerk, dann die mächtigen, grauen Dünen mit ihrem wilden Gemisch aus Halmen und Büschen. Doch zu ihrer Rechten breitete sich ein erfrischender Wirrwarr von Bäumen und Gräsern aus. Vögel, die mit Sicherheit selten und für einen Naturkenner von großer Bedeutung waren, gaben ihre quäkenden, zeternden Laute von sich. Wencke kannte keines dieser Tiere mit Namen, doch sie lauschte ihnen fast ehrfürchtig und dachte an die Samstagnachmittage ihrer Kindheit, an denen sie mit Jasper immer eine halbe Stunde Tierfernsehen gucken durfte.

Die Luft war schwüler, als Wencke es von einer Nordseeinsel erwartet hatte, und der vorherige Abend machte es ihr schwer, mit der Hitze umzugehen. Sie war froh, gestern noch dieses atemberaubende Bad im Meer genommen zu haben. So ziepte lediglich ein kleines bisschen Kopfschmerz hinter den Schläfen, und der Nachdurst trocknete ihr die Kehle aus; ansonsten war es auszuhalten.

Remmer erzählte. Es war erfreulich, dass er die Schönheit, das Besondere der Insel noch wahrzunehmen schien. Die meisten Menschen, die im Paradies leben, merken es noch nicht einmal. Am Wegesrand waren maßstabsgetreue Modelle der Planeten abgebildet, die sich um die Sonne drehten. Die Sonne, die heute mit ihrer ganzen Energie die Luft erhitzte. Remmer erzählte ihr von der Sternwarte auf Norderney und dem riesigen Teleskop, durch das er auch schon einmal in den Inselhimmel geschaut hatte. Als sie das Modell von der Erde erreicht hatten, staunte Wencke einmal mehr darüber, wie winzig und verloren diese Murmel im Weltall kreiste. Diese Perspektive machte sie immer kleinlaut. Sie dachte an die kleine Erde und an die kleine Insel darauf, und mit einem Mal hatte sie das sichere Gefühl, trotz all der Unendlichkeit am richtigen Ort angekommen zu sein.

Erst im letzten Jahr war aus Wencke eine Inselfreundin geworden. Früher einmal war ihr das Gefühl des Abgeschiedenseins unbehaglich erschienen, heute liebte sie die begrenzte Freiheit zwischen Watt und Wellen und das Wissen, ein wenig unerreichbar zu sein.

Sie hätten auch mit Remmers Taxi fahren können, wahrscheinlich hatte er sogar gehofft, dass sie sein Angebot annehmen würde, doch ihr war nach Laufen zumute.

Als sie den Mars passiert hatte, konnte sie nicht mehr widerstehen. Ein schmaler Pfad lud sie ins Dickicht ein. «Darf man das?», fragte sie zur Sicherheit. Und als Remmer nickte, da rannte sie los.

Sie konnte einfach nicht langsam gehen, der Moment hatte sie fest im Griff, und sie musste schon wieder an ihren Bruder denken, mit dem sie im Wald hinter ihrem Elternhaus immer Flüchtlinge gespielt hatte: Einfach rennen, als wäre der Teufel hinter ihnen her, immer tiefer in die Ungewissheit hinein, den Orientierungssinn ausgeblendet, bis einer von ihnen stehen geblieben war und sie den Weg nach Hause suchen mussten, mit zerkratzten Beinen, Durst und Hunger und einem Kinderherz, das bis zum Hals schlug.

Der festgetrampelte Sandweg schlängelte sich zwischen den Dornen und Büschen hinein in ein verwunschenes Stück Insel. Durch die grünen Blätter der knorrigen Birken stach die Sonne in das schattige Dickicht, warf ihr gleißendes Licht auf meterhohe Brennnesseln und scharfkantige Gräser. Das Konzert der Vögel drang wie durch einen Vorhang an ihre Ohren, ansonsten war es herrlich still, und Wencke hörte nur noch ihren eigenen Atem, der nach den Zigaretten von gestern Abend etwas angestrengt klang. Sie blieb stehen.

Als sie sich umdrehte, war Remmer bereits ein großes Stück hinter ihr zurückgeblieben. Wencke setzte sich an den Wegrand einer kleinen Lichtung. Ein Holunderstrauch warf seinen faserigen Schatten auf den Sand, und üppige Brombeerranken lagen so verführerisch in Reichweite, dass sie sich eine Hand voll praller Beeren pflückte und in den Mund steckte. Süß und würzig, ein wenig knirschend vom Sand und den kleinen Kernen im Inneren der Frucht. Sie dachte an die Brombeermarmelade ihrer Großmutter. Ein heimeliger, gemütlicher Gedanke, und mit einem Mal verspürte sie keinen Drang mehr, sich jemals von diesem schattigen Ort zu erheben.

«Warum nennen sie Jasper den ‹Brombeerpiraten›?», fragte sie Remmer, der sich außer Atem neben sie fallen ließ.

«Unser Probenraum, wir sind noch ein paar Schritte davon entfernt. Ein alter Bunker in den Dünen, mitten in einem Brombeergebüsch. Soll wohl abschätzig klingen, so nach dem Motto: Die haben wir ganz weit weg verbannt, damit sie ihren Krach machen können.»

«Könnte es nicht auch nett gemeint sein?»

Er schüttelte den Kopf. «Wäre es nett gemeint, dann würden sie uns anders nennen. Die Dünenrose ist nämlich so etwas wie das Norderneyer Nationalgewächs. Wenn wir also wirklich dazugehören würden, dann hießen wir ‹Dünenrosenpiraten›.»

Wencke lachte. «Klingt ein wenig wie ‹Unterhosenpiraten›.»

Seine Lippen wölbten sich etwas freundlicher nach oben. «Stimmt.» Doch sein Lächeln war nur sehr flüchtig.

«Stört ihr den Inselfrieden denn so sehr, dass du hinter jedem kleinen Scherz eine Feindseligkeit witterst?»

Er schwieg eine Weile, wahrscheinlich hatte sie einen wunden Punkt erwischt.

«Leefke Konstantin war kurz vor ihrem Tod noch bei unserer Probe. Sie wollte Jasper sprechen und ihm diesen Zettel hier geben.» Er zog ein zerdrücktes Papier aus seiner Gesäßtasche. «Eigentlich wollte ich ihn gestern der Polizei geben, weil ich dachte, er könnte von Bedeutung sein. Hab's mir aber doch anders überlegt und ihnen nur von ihrem Auftauchen im Bunker gestern Abend erzählt.»

Wencke entfaltete das rosafarbene Papier. «Ruhestörung?»

Sie überflog die handgeschriebenen Worte, die etwas über ein Geheimnis erzählten, über Schweigen und Reden, und zwischen den Zeilen entdeckte sie ein bisschen Angst und jede Menge Wut. «Worauf bezieht sich der Text?»

«Ich könnte mir vorstellen, dass es eine Art Abrechnung ist. Die Jugendlichen auf der Insel fühlen sich teilweise … nun, wie soll ich sagen, an die Seite gedrängt. Eigentlich nichts Spektakuläres, diese Probleme gibt es anderswo genauso wie hier. Es wird halt nicht so gern gesehen, wenn sie in den Parks und auf den Straßen rumhängen.»

«Haben die Jugendlichen denn keinen Gemeinschaftsraum oder so etwas?»

Remmer hatte sich auch ein paar der dunkelblauen Beeren gepflückt. «Doch, es gibt das ‹Haus der Begegnung› und jede Menge Freizeitaktivitäten auf der Insel, sie können sich eigentlich nicht beklagen. Vielleicht bleibt in der Hektik der Hochsaison das Familienleben ein wenig auf der Strecke, und die einzige Disco für Insulanerkinder hat seit ein paar Jahren geschlossen. Aber dies ist in meinen Augen kein Grund, einen solchen Text zu schreiben.»

«Und was hat mein Bruder damit zu tun? Ist er wirklich ein … unmoralischer Verführer?»

«Hmm», brummte Remmer. Er sah sie nicht an. Er hatte sie bislang noch nie direkt angesehen. Seine Unsicherheit schien sich immer vor sein wahres Ich zu schieben. Er war ein bisschen zu dick, als dass man noch hätte darüber hinwegsehen können, und seine Haut hatte diesen nervösen Rotton eines Neurodermitikers. Doch dass mehr in ihm steckte, als Rika es erzählt hatte, lediglich solide und vernünftig, das war Wencke klar geworden, als er ihr gestern Abend ohne viel Worte genau das gegeben hatte, wonach sie sich sehnte: ein Mineralwasser und Pfefferminzbonbons.

Endlich hatte er sich eine Antwort zurechtgelegt. Konnte es sein, dass er sie schonen wollte?

«Oma Alide war eigentlich diejenige auf der Insel, die sich für unsere weniger bequemen Jugendlichen eingesetzt hat. Fast bis zu ihrem Tod im Januar war sie die Vermittlerin für beide Seiten. Jetzt hat Jasper diese Rolle übernommen. Und es ist so, dass er auf der Insel mehr als nur misstrauisch beäugt wird. Denn Alide Konstantin war eine ziemlich fette, kranke alte Dame, und Jasper Tydmers ist ein leichtlebiger Junggeselle, der zudem von den jungen und älteren Mädels heftig umschwärmt wird. Keiner sagt was, aber jeder denkt sich seinen Teil.»

«Reicht es für … für einen Mord?»

Remmer sah sie nun doch direkt an. «An Jasper? Nein, niemals. Die meisten Insulaner sind eigentlich froh, dass er diesen Job übernommen hat.»

Ein paar lachende Möwen drehten über ihren Köpfen weiße Runden in den blauen Himmel, und ein Kaninchen versuchte, sich mit seinem graubraunen Fell im Dünengras zu tarnen. Das ganze idyllische Inselleben breitete sich vor ihnen aus, und Wencke beschlich der Verdacht, dass vielleicht alles gar nicht so schlimm war, wie es aussah.

Dann fiel der Schuss.

Wencke meinte für einen flüchtigen Moment den Luftzug des Projektils zu spüren, das an ihrem Gesicht vorbeizog. Der Holunderbusch zappelte, als wäre er lebendig geworden, und ein paar Beeren spritzten ihren aromatischen Saft wie Blut über Wenckes T-Shirt.

Remmer fiel nach hinten und blieb aschfahl im Sand liegen. Für einen kurzen Moment dachte Wencke, er wäre getroffen, doch dann riss er seine Augen auf: «Was war das?»

«Scheiße, das war ein Schuss. Wer ballert hier verdammt nochmal rum?» Wencke war mit einem Ruck auf den Beinen, instinktiv griff sie nach Remmers Arm und zog ihn zu sich auf den Weg.

Sie blickten sich um. Es war noch nie auf sie geschossen worden, bislang war ihr das erspart geblieben. Doch woher auch immer, sie hatte das sichere Gefühl, dass der Schütze sich hinter einem dichten Busch auf der Südseite des Weges befand. Sie rannte darauf zu, spürte kurz das Brennen des Unkrautes an ihren Beinen, suchte nach einer hektischen Bewegung zwischen schrägen Baumstämmen und undurchdringlichem Dickicht, aber sie musste die Lider zusammenkneifen, da die grellen Lichtpunkte der Sonne ihre Augen schmerzhaft blendeten. Sie blieb kurz stehen.

«Bist du verrückt, Wencke, bleib hier!», schrie Remmer.

Doch sie pirschte schon weiter wie ein Jäger durch das Gestrüpp, schob mit den nackten Armen die Äste und Ranken zur Seite und schaffte es mit kräftigen Schritten bis zu dem Busch, hinter dem sie den Schützen vermutete. Ihr Atem ging ruhig, sie wunderte sich selbst, dass sich keine Angst zeigte.

Es krachte wieder. Das musste ein Gewehr sein, keine Pistole, der Klang eines Gewehrs war irgendwie mächtiger. Die Äste fünf Meter weiter zersplitterten wie in Zeitlupe, die zweite Kugel hatte sie also weit verfehlt, doch sie schien aus nächster

Nähe abgefeuert worden zu sein. Laut und wild hallte es von den Dünen wider. Wencke ließ sich nicht beirren, sie wollte sehen, wer es war, wer ihr da ans Leder wollte. Also weiter, ein Strauch wilder Rosen riss ihre Haut ein, noch ein paar Meter bis zum nächsten Versteck, noch ein paar mühselige Schritte durch das verwirrende Dickicht der Pflanzen, dann würde sie dieser Person ins Gesicht schauen. So schnell konnte man mit einem Gewehr nicht flüchten. Sie war schneller.

Sie spürte den Schmerz im Arm, noch ehe sie den dritten Schuss gehört hatte. Er war aus einer anderen Richtung gekommen. Ein zweiter Schütze also. Sie griff sich mit der rechten Hand an die Stelle, in der sie das pulsierende Beißen der offenen Haut spürte, dann ließ sie sich flach auf den Bauch fallen.

«O Gott!», schrie Remmer.

«Es ist nichts Schlimmes.» Hoffentlich konnte er sie hören, sie lag vornüber im Sand und atmete die trockene Luft zwischen den knirschenden Körnern ein. Es tat höllisch weh, nicht so sehr der kleine Streifen über ihrer Hand, sondern vielmehr die Gewissheit, dass es jemand auf sie abgesehen hatte, mindestens zwei Killer, die eine Waffe auf sie richteten, und zwar in diesem Augenblick. Liegen bleiben, klein beigeben, tot stellen.

Oder aufstehen, rennen, flüchten und … kämpfen?

Diesmal war es Remmer, der ihre Hand nahm, der ihren Arm schmerzhaft in die Länge zu ziehen schien, um sie in die Senkrechte zu bekommen. Seine schweißnassen Hände glitten aus den ihren, er griff fester zu. «Wencke, Wencke, wenn du nicht gleich deinen Hintern in Bewegung setzt, dann haben sie uns. Bitte, lass uns …»

Er war da, der Instinkt, der es den Menschen ermöglichte, in den schlimmsten, ausweglosesten Momenten Reißaus zu nehmen. Sie wunderte sich selbst, denn sie stand auf ihren

Beinen, sie stürzte die Schneise entlang zurück zum Weg, sie kam voran.

Sie hörte das kurze, prägnante Feuer der Waffe.

Remmer war ihr voraus. Er sah sich kurz um, und in seinem Blick war reine Verständnislosigkeit. Was war los?

Hatte sie ihn in diese Situation gebracht? Oder er sie?

Nein, der vorletzte Schuss hatte eindeutig ihr gegolten, vielleicht hatte er sie gar nicht treffen sollen und sie war in ihrer Eile in die Schussbahn geraten. Remmer war zu diesem Zeitpunkt noch auf dem Weg gewesen, zu weit weg, selbst für einen Schreckschuss. Sie hatten den kaum merklichen Anstieg geschafft und waren nun wieder auf der Lichtung und aus dem Wäldchen verschwunden, das sich eben so jäh von einem Idyll in einen Albtraum verwandelt hatte. Sie blieb kurz stehen, wirklich nur für einen Atemzug und einen Blick über die Schulter. Die Bäume standen still. Ein Fasan pickte um den Holunderbusch herum, neben dem sie eben noch gesessen hatte.

Und dann sah sie es. Nur ein flüchtiges Zucken im Stillleben der Natur: Hinter einer kläglichen Böschung verschwand eine schwarze Gestalt. Welch ein Klischee, dachte Wencke, eine schwarze Gestalt … Bis ihr einfiel, dass die Familie Konstantin zur Zeit Trauer trug.

«Wencke, es ist nicht mehr weit, komm noch ein paar Schritte, hinter dieser Biegung ist unser Probenbunker. Dort sind wir sicher.»

Dann rannte sie wieder. Es machte keinen Spaß mehr. Die Unbekümmertheit war fort.

17.

Jasper hatte den Schuss gehört. Vielleicht hatte er geschlafen, er wusste es nicht ganz genau, jedenfalls hatte dieser Knall ihn von der Liege hochschrecken lassen. Ihm tat alles weh. Die zweite Nacht in seinem merkwürdigen Gefängnis. Die leeren Dosen Schweinekopfsülze standen auf dem Boden. Er war froh, dass der kleine, rostige Wasserhahn an der Wand ihn immerhin vor dem Verdursten bewahrte, und das verwitterte Abflussgitter darunter ermöglichte ihm, in unwürdiger, aber sauberer Weise auf den Boden zu pinkeln. Doch so langsam könnte es eng werden. Wenn nicht bald mal jemand auf die Idee käme, nach ihm zu suchen, dann konnte dieses bereits in seinem Leib zerrende Gefühl von Hunger zur Tortur werden.

Ein zweiter Schuss. Es war keine Jagdsaison.

Wenn hier jemand rumballerte, dann waren vielleicht ein paar Menschen in der Nähe.

Er wankte zum engen Lüftungsschacht, der ihm nach oben hin einen winzigen Blick auf die Grasnarbe des darüber liegenden Vorgartens gewährte.

«Hallo, ich bin hier unten, kann mich jemand hören?» Was sollte er sonst rufen, es fiel ihm nichts ein. «Hilfe, Hilfe!» Das klang banal. Und doch tat es gut, mal wieder eine Stimme zu hören, auch wenn es nur seine eigene war.

Die Antwort war wiederum nur ein reißender Knall aus der Mündung einer Waffe. Wer schoss zum Teufel mitten in den Inseldünen herum?

Sein Zeitgefühl hatte ihn verlassen. Seine Uhr erzählte ihm, dass es elf Uhr am Tag nach seinem vierzigsten Geburtstag war. Jasper wollte es eigentlich nicht glauben.

Schuss Nummer drei.

«Warum bin ich nicht tot?» Ein wenig fühlte er sich so.

Oma Alide war tot. Er hatte in der letzten Nacht mehr als nur einmal an diese wunderbare alte Frau gedacht, in deren Vorratskeller er nun die trostlosesten Augenblicke seines Lebens verbrachte. Sie war der erste Mensch gewesen, der ihm tatsächlich etwas über das Erwachsenwerden erzählen konnte. Sie hatte so mollig und rund auf ihrer Friesenbank im Garten gesessen und diesen einen Satz zu ihm gesagt: «Du kannst dir deine Jugend nur dann bewahren, wenn du die Jugend vor der Welt der Erwachsenen schützt.»

Damals war einiges in ihm vorgegangen. Er hatte zum ersten Mal begriffen, dass er kein Spinner und Träumer sein musste, um nicht so zu werden, wie die anderen seines Alters bereits waren. Er brauchte seine Ideale nicht über den Haufen zu werfen, um etwas Sinnvolles zu machen, er musste sie nur an der richtigen Stelle anbringen.

Und dann hatte er sie in diesem Haus nach und nach alle kennen gelernt: den Hünen Jens mit dem Mut eines verschüchterten Hündchens; die provokante Pinki, die ihre wahren Werte trotzig hinter zwanghafter Oberflächlichkeit versteckte, auch den weichherzigen Rebellen Wilko, den cleveren Dummkopf Philip und die so sterbenslangweilig scheinende Swantje, die in ihrem hübschen Köpfchen die wildesten Ideen ausbrütete. Und natürlich Leefke.

Die hatte damals ihrer Oma das Inhaliergerät gebracht, noch bevor sie von einem Asthmaanfall überwältigt wurde. Denn Leefke hatte eine ganz feine Antenne für die Dinge, die zwischen all den gesagten Worten und vollbrachten Taten lagen. Leefke stand vor allen anderen und dadurch immer irgendwie im Abseits. Sie war so filigran, nicht nur ihr magerer Körper und das zerbrechliche Gesicht. Ihr Wesen bestand aus kleinen Windungen von undefinierbarer Intelligenz, niemand konnte ihr in das Labyrinth folgen, aus dem sie ihre Gedanken hervorholte. Und doch brachte sie dies alles so klar und schnörkellos zutage, dass Jasper mehr als einmal den Atem anhalten musste, weil er von ihrer Weisheit getroffen war.

Der vierte Schuss holte ihn in die Wirklichkeit zurück.

Er musste hier raus, um Himmels willen, er musste hier raus.

Sie wollen jemanden töten da draußen. Was, wenn es Leefke wäre? Oder Rika?

Verdammt nochmal, er wünschte, er hätte diese Schüsse nicht gehört. Er riss das kleine, rostige Gitter vom Lüftungsschacht und schleuderte es in die Ecke, in der die kahle Liege stand. Schnell schob er sich den alten Plastikkanister an die Stelle unter der Öffnung und stieg mit seinen jämmerlich schwachen Beinen darauf. Es war nicht sein erster Versuch, auf diese Weise dem verdammten Kellerloch zu entfliehen, aber in diesem Moment packte ihn die nackte Verzweiflung und tilgte alles Wissen um die Sinnlosigkeit. Er hatte Hunger, und er war sterbensmüde. Mit lang ausgestreckten Armen versuchte er verzweifelt, irgendwo in diesem viel zu engen Quader aus Stein einen Halt zu finden. Die Fingerkuppen glitten hilflos am grauen Putz entlang, dann konnte er seinen Oberkörper ein winziges Stück der Freiheit entgegenstemmen. Doch die unnachgiebigen Mauern umklammerten seine Schultern und schnürten seine Brust zusammen, er steckte fest, es ging nicht weiter nach oben, sosehr er sich mit den Beinen vom wackeligen Untergrund abzustoßen versuchte, es war hoffnungslos.

«Bitte, keine Panik jetzt, Jasper. Mach in Dreiteufelsnamen keinen Fehler», stöhnte er leise und eindringlich, um sich selbst zu beruhigen, denn er merkte, dass ihm für einen kurzen Augenblick die Luft wegblieb. Mit dem rechten Fuß wagte er noch einen verzweifelten Versuch, er stieß sich ab, dann schwankte der Kanister unter seinen Sohlen.

«Scheiße», fluchte er, der linke Fuß wollte Halt finden, doch dann kippte der Sockel unter ihm weg, und er hing in der Luft. Fürchterlich langsam, Zentimeter für Zentimeter, rutschte er wieder in die Tiefe. Und dann ging alles sehr schnell. Seine Oberarme scheuerten schmerzhaft an den rauen Poren des Lüftungsschachtes, und er fiel hilflos zurück in sein Gefängnis.

Dort blieb er sitzen.

Er hatte helfen wollen, was immer dort draußen vor sich ging, er hatte helfen wollen. Doch er konnte nicht. Er war es, der Hilfe brauchte.

«Hilfe, Hilfe», versuchte er es noch einmal. Es klang kläglich, so kläglich und arm, dass er lachen musste. Doch nur ein oder zwei Sekunden blieben ihm zum Lachen. Dann übermannte ihn ein lautes, verzweifeltes Heulen.

18.

«Der Schlüssel. Woher ist der Schlüssel, den wir in Leefkes Hosentasche gefunden haben?»

Veit Konstantin zuckte die Schultern.

Sanders holte das in Plastikfolie verpackte Beweisstück hervor. Es war ein alter, rostbrauner Schlüssel, viel länger als üblich, er sah irgendwie nach Lagerraum aus. Konstantin nahm den durchsichtigen Beutel entgegen, drehte ihn in den Händen und schüttelte abermals den Kopf. Er hatte für Sanders' Geschmack heute Vormittag schon viel zu oft diese nutzlose Geste zum Besten gegeben.

Sanders lehnte sich in seinem Stuhl zurück und strich die Falten seiner sandfarbenen Baumwollhose glatt. Er hatte sich gleich heute Morgen mit seiner Kreditkarte in die Fußgängerzone begeben. Der Ölfleck von gestern und das nach Sommerschweiß riechende Hemd hatten ihm keine andere Wahl gelassen. Viel Zeit zum Bummeln war ihm natürlich nicht vergönnt; normalerweise erledigte er den Einkauf seiner Garderobe mit viel Sorgfalt an seinen freien Wochenenden bei ausgewählten Herrenausstattern. Doch das Angebot in der Norderneyer Innenstadt hatte ihn positiv überrascht. So hatte er recht zügig zwischen den zahlreichen atmungsaktiven Freizeitjacken und Multifunktions-Bermudas eine solide Markenkombination zu einem wirklich reellen Preis erstanden. Er hatte bislang noch kein hellblaues Hemd mit kurzen Ärmeln, und er fand, es stand ihm gut. Zumal es bei den quälenden Temperaturen angenehm luftig war. Alles in allem war seine Laune nicht so miserabel, wie sie es nach den wenigen Stunden Schlaf an der Seite seines Kollegen hätte sein können.

«Bitte überlegen Sie einmal ganz genau, Herr Konstantin. Dieses Ding wird wohl kaum ein Haustür- oder Zimmerschlüssel sein. Und es ist anzunehmen, dass Ihre Ziehtochter kurz vor ihrem Tod Gebrauch davon gemacht hat, da die Fingerabdrücke noch nicht allzu verwischt waren, trotz der engen Jeans.»

«Also, in meinem Hause gibt es keine solchen Schlüssel.»

«Sicher?»

«Aber ja. Es könnte höchstens sein, dass Leefke ihn aus dem Haus meiner Mutter entwendet hat. Sie sagten doch, dass man Leefke an diesem Abend noch beim Leuchtturm gesehen hat, und das Gebäude befindet sich dort ganz in der Nähe.»

Sanders lehnte sich wieder nach vorn. «War Leefke öfter dort?»

«Nein, nicht dass ich wüsste. Wir wollten es nicht.» Konstantin nahm seine Brille ab und tat so, als kontrolliere er die Gläser.

Sanders wartete geduldig, bis er sie wieder aufgesetzt hatte und ihn anblicken musste. «Aha.»

«Verstehen Sie doch, sie hat dort fast ihr ganzes Leben gewohnt, und der Tod ihrer Großmutter war mit Sicherheit ein schwerer Schlag in ihrem jungen Leben. Wir wollten verhindern, dass sie dort draußen herumsitzt und womöglich ihren trüben Gedanken nachhängt. Unsere Leefke war vielleicht ein wenig schwermütig für ihr Alter. Sie hat sich immer so in ihrem Kummer verkrochen, da kam niemand dahinter. Und deswegen haben wir in diesem Haus die Schlösser ausgewechselt und Leefke untersagt, dorthin zu gehen.»

«Und wem gehört das Haus?»

Konstantin sah ihn direkt an. «Es gehört meinem Bruder, Leefke und mir.»

«Sie meinen also, es gehört Ihrem Bruder und Ihnen. Leefke ist ja nun leider tot.»

Sanders beobachtete genau das feiste Gesicht seines Gegenübers, doch so sehr er sich darauf konzentrierte, er konnte keine verdächtige Regung darin feststellen. Es war ja auch nur ein Versuch gewesen. Ein Versuch, den er machen musste, um die sich immer mehr als Wahrheit herauskristallisierende These von Selbsttötung zu festigen.

«Es ist wahrlich kein Prachtbau, Herr Kommissar. Ein schönes Grundstück vielleicht, ein bisschen weitab vom Schuss, aber idyllisch gelegen. Wir können es uns gern einmal anschauen, wenn Sie möchten.»

Sanders erhob sich sogleich. «Genau das werden wir jetzt tun, Herr Konstantin. Vielen Dank für Ihre Bereitschaft.»

Auch Britzke war aufgestanden. Sein Anblick war alles andere als erfrischend. Eigentlich hatte Sanders fest damit gerechnet, dass Britzke ein Schnarcher war, er war irgendwie der Typ dafür, doch er hatte sich getäuscht. Nun schien sich sein Kollege nicht im Geringsten daran zu stören, dass er dieselbe Bekleidung wie am Vortag trug und genauso ungepflegt roch, wie er aussah. «Ich frage mal, ob wir 'nen Wagen bekommen können», sagte Britzke und verließ als Erster den Raum.

Konstantin wandte sich nun direkt an ihn, seine Geste hatte etwas Verschwörerisches. Sanders fühlte sich unbehaglich.

«Sie müssen schon verzeihen, wenn ich gestern Nachmittag Ihren Kollegen für den Vorgesetzten gehalten habe, und das ganze Theater um Frau Tydmers tut mir im Nachhinein auch Leid. Leefkes Tod, wissen Sie? Er hat mich völlig aus der Bahn geworfen.»

«Das kann ich verstehen», gab Sanders zurück und versuchte, möglichst unauffällig dieser Nähe zu entfliehen, die Konstantin zwischen ihnen aufzubauen versuchte. Er lehnte sich mit dem Rücken an die Wand, die Arme vor der Brust verschränkt, doch sein Gegenüber trat noch einen weiteren Schritt auf ihn zu, so nah, dass sich bei Sanders ein ohnmächtiges Gefühl der Bedrängtheit einstellte.

«Ich bin Geschäftsmann, Herr Kommissar. Keine Zeit, keine Zeit, besonders in der Hochsaison, Sie verstehen? Doch fragen Sie auf der Insel, wen Sie wollen. Ich bin ein sehr gewissenhafter Mensch, vielleicht sogar ein wenig pedantisch. Ich weiß heute, dass es meine Pflicht ist, Sie bei Ihrer Arbeit zur Aufklärung von Leefkes Tod so gut es geht unterstützen. Nur gestern habe ich es nicht begriffen, es tut mir Leid, ich weiß nicht, was in mich gefahren war.»

Wenn dieser Konstantin nicht diese kleinen, feuchten Falten auf der Stirn und an seinem speckigen Hals gehabt, wenn sein Gesicht nicht in diesem unangenehmen Bluthochdruckrot geleuchtet hätte, dann hätte Sanders diesen Mann vielleicht für einen angenehmen Zeitgenossen halten können, denn was er sagte, klang eigentlich vernünftig. Doch nun war Sanders froh, als Kollegin Jutta Lütten-Rass ihren riesigen Kopf zur Tür hereinstreckte und ihnen sagte, dass der Geländewagen bereitstehe. «Aber ich fahre!», sagte sie in einem Ton, der zwar piepsig und lächerlich klang, aber keinen Widerstand duldete.

Woher hatte dieses Weib eigentlich einen Doppelnamen? Die war doch nicht etwa verheiratet? Sanders traute sich nicht zu fragen. Sie stiegen in den Wagen. Das heißt, Konstantin und Lütten-Rass klemmten sich auf die Vordersitze, während er neben Britzke auf der Rückbank Platz nahm. Lütten-Rass startete durch. Rasant, die Frau.

Niemand sagte ein Wort. Es war trotz der offenen Fenster kochend heiß im Wagen, selbst der Fahrtwind brachte kaum Erleichterung. Sanders war kein Strandgänger, er bekam rote Pusteln am Oberkörper, wenn ihm die Sonne zu sehr zusetzte. Doch für einen kurzen Moment beneidete er die Urlauberfamilie, die gerade hektisch von der Fahrbahn stob, einen Bollerwagen voll Spielzeug und kalten Getränken im Schlepptau. Er beneidete sie um ihre Aussicht auf einen Sprung in die kühle Nordsee.

«Einfach über die Straße rennen», murmelte seine Kollegin kopfschüttelnd, «wir sind hier doch nicht auf Juist.»

«Wie viele Gäste fasst die Insel in der Hochsaison?», fragte Britzke neben ihm. Er wollte mal wieder alles ganz genau wissen.

«Wir haben gut zwanzigtausend Gästebetten, dazu kommen bei einem Wetter wie heute noch gut zehntausend Tagesgäste vom Festland. Dann ist hier richtig was los auf den Straßen, das können Sie mir glauben. Doch wir schaffen das. Unsere Insel hat die Infrastruktur für fünfzigtausend Einwohner, stellen Sie sich das mal vor. Wie Aurich!» Konstantin sprach so, als zitierte er einen Text aus der Norderneyer Werbebroschüre. «Wir sind eben anders als die anderen Inseln. Fortschrittlicher und moderner.»

«Und vielleicht ein wenig lauter?», fragte Britzke leise.

«Nun, das lässt sich wohl kaum vermeiden. Wer es ruhiger mag, der kann sich immer noch zur Weißen Düne verziehen, dort ist es so naturbelassen und ruhig, wie man es sich nur vorstellen kann. Ein traumhafter Strand, endlose Dünen, Insel pur!» Ein überzeugtes Nicken beendete seinen Vortrag.

Danach schwiegen sie wieder. Was sollte man auch darauf antworten?

Die Häuser wurden niedriger und roter, die Stadt schien sanft und gedehnt in die Dünen überzugehen wie ein Ritardando am Ende eines überwältigenden Orchesterstückes. Und dann kam das Adagio. Die Straße umkurvte haushohe Dünen, dann die bunten Zelte eines Campingplatzes, und schließlich sahen sie den dunkelroten, schlanken Leuchtturm immer größer werden. Ein teppichgleicher Golfplatz breitete sich neben ihnen aus, daneben thronte ein mehrstöckiges Hotel, ein paar

weiß gekleidete, fröhliche Touristen hatten ihre ledernen Golf-
bags geschultert.

«Es ist nicht mehr weit», sagte Konstantin in die Stille. «Un-
gefähr einen halben Kilometer vom Golfplatz entfernt.»

«Na, dann ist die Lage aber doch gar nicht so schlecht», gab
Britzke zu bedenken.

Konstantin lachte. «Nein, da liegen Sie falsch. Unsere Gäste
wollen Flair und Angebot der Stadt nutzen. Unser Warschauer
Sinfonieorchester in der Kurplatzmuschel, unser historisches
Kurtheater und die zahlreichen Restaurants der gehobenen
Gastronomie, das ist es, was Norderney ausmacht. Hier drau-
ßen gibt es nur Kaninchen und Fasane, ein paar Möwen und
sonst gar nichts. Dies ist kein lebendiger Ort, glauben Sie mir.
Ich weiß, womit sich Geld machen lässt, schließlich verwalte
ich einige der besten Häuser auf der Insel. Aber nach einer
Hütte wie dieser hier», er zeigte mit dem Finger auf ein rotes
Dach, das sich über den Kamm einer vorgelagerten Düne er-
hob, «nach so etwas hat mich noch niemand gefragt. Zu viel
Ruhe!»

Der Wagen wurde langsamer. Konstantin kramte in der Tasche seines Jacketts, wahrscheinlich suchte er bereits den passenden Schlüssel, jedenfalls klingelte es metallisch.

Sanders ließ den Sicherheitsgurt aufschnappen, er war froh,
dass die Fahrt vorerst zu Ende war.

Und dann wieder dieser Moment ohne Herzschlag.

Sie sahen Wencke Tydmers langsam den Straßenrand ent-
langgehen. Sie sah schlecht aus, irgendwie blass und mitgenommen, jedenfalls blickte sie nicht auf, und der Mann an
ihrer Seite stützte sie.

«Halten Sie an», sagte Sanders laut. Noch während das Auto
zum Stehen kam, öffnete er die Tür und sprang heraus. Wencke blickte hoch, sie schien erschrocken zu sein, als er vor ihr

stand. An ihrem linken Oberarm hatte eine Menge Blut das weiße T-Shirt auf ihre Haut geklebt. «Frau Kollegin, was machen Sie denn für Sachen?»

«Ein Streifschuss», sagte sie ruhig, als wäre es das Alltäglichste von der Welt, angeschossen in den Norderneyer Dünen spazieren zu gehen. Die anderen waren bis auf Konstantin ebenfalls aus dem Wagen gestiegen und stellten sich um Wencke und ihren unbekannten Begleiter herum. Die Norderneyer Kollegin hatte geistesgegenwärtig den Verbandskasten aus dem Wagen mitgebracht und begutachtete die klebrige Wunde. Sanders hätte das nicht gekonnt. Er hasste Verletzungen. Und doch musste er gegen den Drang ankämpfen, sich an ihre Seite zu stellen, sie zu stärken, sie vielleicht kurz an sein hellblaues Hemd zu drücken.

«Tut mir Leid, Kollegin Tydmers, ich denke, wir sollten Sie schnellstens in unseren Wagen packen und zur Klinik fahren.» Jutta Lütten-Rass hatte notdürftig einen Verband angelegt. «Das muss sich dringend ein Arzt anschauen. Wie lang ist es her?»

«Eine gute Stunde, denke ich», sagte der Mann neben Wencke. Er war einer von der unscheinbaren Sorte, etwas aus der Form geraten und unsportlich. Woher kannte Wencke ihn? Und was suchte sie mit diesem Typ hier am Rand der Insel? Sanders konnte sich eigentlich nicht vorstellen, dass sie aus reinem Urlaubsvergnügen wandern ging. Dazu kannte er seine Vorgesetzte viel zu gut. Und der Streifschuss an ihrem Arm sprach auch nicht gerade dafür, dass sie sich wie eine ganz normale Touristin über die Insel bewegt hatte.

«Haben Sie den Schützen erkannt?», fragte er.

Beide schüttelten die Köpfe.

Britzke hielt stumm und mit blassem Gesicht die hintere Wagentür auf und half Wencke auf die Rückbank.

«Ich bleibe hier», sagte Konstantin und stieg aus. «Wir passen nicht zu sechst in den Wagen. Am Haus müsste noch ein Fahrrad stehen, damit werde ich zurückfahren.»

Sanders und Britzke stiegen ein, der andere Mann nahm stöhnend auf dem Beifahrersitz Platz. Die Polizistin hatte den Rückwärtsgang bereits eingelegt und wendete auf der schmalen Straße, da fiel Sanders noch etwas ein. Er kurbelte das Seitenfenster runter und rief Konstantin zu: «Ich mache Sie darauf aufmerksam, dass Sie im Haus keine verschlossenen Türen öffnen dürfen. Sie nehmen sich bitte nur den Drahtesel und fahren dann wieder los. Alles andere könnte für die Beweisaufnahme wichtig sein. Haben Sie verstanden, Herr Konstantin?»

«Selbstverständlich», antwortete dieser und ging weiter auf das Haus in den Dünen zu.

Sanders war nicht wohl bei dem Gedanken, dass er ihn hier zurückließ. Doch es blieb ihm nichts anderes übrig. Er musste von Wencke Tydmers erfahren, was vorgefallen war.

Das hatte oberste Priorität.

«Hat dieser Veit Konstantin einen Waffenschein?», fragte Wencke plötzlich. Ihre Stimme klang genauso elend, wie sie aussah.

Kommissarin Lütten-Rass musste nur kurz überlegen. «Ja, er ist Jäger, genau wie sein Bruder. Weshalb fragen Sie?»

Wencke sagte nichts, sie sah aus dem Fenster.

«Konstantin war seit einer Dreiviertelstunde bei uns im Kommissariat. Er kann es nicht gewesen sein», sagte Britzke.

«Vielleicht sollten wir seinen Bruder mal besuchen», warf die Kollegin am Steuer ein.

Doch Wencke Tydmers schwieg weiter. Sie hatte das Gesicht von ihm abgewandt. Sanders wollte nicht zu genau hinsehen, er schielte mehr aus den Augenwinkeln an Britzke vorbei auf die zusammengekauerte Person. Konnte es sein, dass sie weinte?

Der Mann auf dem Vordersitz schaute geradeaus. «Es waren zwei!»

«Zwei?», kam es Sanders und Britzke beinahe zeitgleich über die Lippen.

«Die Schüsse kamen aus zwei Richtungen», sagte Wencke Tydmers leise, und am Zittern ihrer Stimme konnte Sanders hören, dass er mit seiner Vermutung richtig gelegen hatte.

Wencke Tydmers weinte.

Und Sanders bemerkte mit diesem wohlbekannten, unangenehmen Gefühl im Bauch, dass ihm das Elend seiner kleinen chaotischen Kollegin eigentlich viel zu nahe ging.

19.

Wilko hatte vor drei Tagen mit dem Rauchen aufgehört, und Swantje wollte es jetzt auch versuchen. Sie kauten Kaugummi wie die Wahnsinnigen und gingen allen anderen auf den Geist. Dann doch besser rauchen, dachte Pinki. Sie hatte sich noch eine Packung aus dem Automaten gezogen, bevor sie alle an den Nordstrand gegangen waren. Nun drückte sie bereits die siebte Kippe in den warmen Sand neben ihrem Badelaken. Eigentlich war es viel zu heiß zum Rauchen. Die Luft war ohnehin schon so dick, der Zigarettenqualm schien sich direkt um ihren Kopf zu einer Rauchwolke zu sammeln, und sie musste husten.

«Wenn ich dich so höre, dann weiß ich wohl, warum ich es jetzt besser sein lasse», spottete Swantje. Alberne Gans, dachte Pinki, sie hatte doch sowieso nur aufgehört, weil sie hinter Wilko her war. Sie hatte doch keine Ahnung. Lag da viel zu fett in ihrem peinlichen Hippiebikini herum und hatte wirklich keinen Schimmer, was um sie herum vorging.

Pinki hatte den Brief niemandem gezeigt. Die Leute von der Waldkirche wären die Einzigen gewesen, denen sie von der Morddrohung hätte erzählen können, doch irgendwie waren die heute alle schlecht drauf. Und sie gingen ihr aus dem Weg. Vielleicht war Pinki auch etwas empfindlich und bildete es sich nur ein, aber es hatte sich niemand zu ihr gesetzt hier am Strand. Die anderen hatten ihre bunten Laken wie einen Flickenteppich über den Sand geworfen und lümmelten sich kreuz und quer auf ihrer farbenfrohen Insel, während sie allein ein Stück weit von ihnen entfernt lag. Nur einen halben Meter Sand zwischen ihr und ihnen und doch irgendwie unerreichbar weit entfernt.

Pinki schob den zusammengefalteten Brief noch tiefer in ihre Strandtasche. Philip und Jens pfiffen peinlich laut in

Richtung roter Strandkorb Nummer 1356, wo sich zwei Touristenmädels gerade gegenseitig das Bikinioberteil zubanden. Sie waren schlank und langhaarig, und die Sonnenbrillen auf ihren Stupsnasen sahen teuer aus. Grinsend winkten die Mädels zurück. Die Jungs johlten und klatschten ihre rechten Handflächen aufeinander, als hätten sie beim Fußball ein Tor geschossen. «Die kriegen wir heute noch platt», sagte Philip. Jens lachte laut und ein wenig übertrieben.

Leefke fehlte. Sie fehlte an allen Ecken und Enden. Pinki vergrub ihre Füße im warmen, hellen Sand, dann spreizte sie die Zehen, und die winzigen Körnchen rieselten trichterförmig und in kleinen Kratern der Tiefe entgegen. Treibsand. Eine winzige Bewegung brachte alles zum Einstürzen, unaufhaltsam.

Was wäre gewesen, wenn Veit Konstantin sie damals nicht runtergemacht hätte? Damals …

Silvesternacht! Alle waren laut auf der Insel, Böller und Sektkorken, Lachen und Grölen, «Schönes neues» wünschten sich alle. Schönes neues was? Schönes neues Jahr? Oder schönes neues Geschäft? Schönes neues Leben …

Die «Piraten» spielten im «Haus der Begegnung», eigentlich gingen sie mit der Clique nie dorthin, aber Leefke bestand darauf, und irgendwie setzte sie ihren Willen mal wieder durch. Es gab keinen Alkohol unter sechzehn Jahren. Und rauchen mussten sie auch heimlich. Jasper und seine Band waren gut drauf. «Sturm im Wasserglas» war laut und richtig krass, sie flogen alle wie aufgeputscht durch den Jugendraum und sangen mit.

Spürst du einmal Gegenwind, wendest du dich ab
doch im Windschatten macht irgendwann
der Vordermann schlapp
Verlass dich nicht auf meinen Rücken

bei zu viel Last werde ich mich bücken
und schmeiß dir meinen Zorn entgegen
weißt du nicht: Ich komme lieber von der Traufe in den
    Regen.

Vielleicht war es der Song, der sie angestachelt hatte in dieser Nacht, vielleicht war es auch dieses alberne Jugendschutzgesetz, jedenfalls verabschiedeten sie sich kurz nach Mitternacht und pilgerten in die Stadt. Am Kurplatz war die Hölle los. Unbekannte Gesichter belagerten die Insel, grinsten besoffen in den Neujahrshimmel und lallten irgendwelche Schlager, die keiner mehr hören wollte. Schunkeln und Drängeln und eine fremde Hand zwischen ihren Beinen. «Lass das, du Schwein, da hast du nichts zu suchen», fauchte Pinki wie eine Wildkatze den alten Kerl an. Doch in der Menschenmenge nutzte er die Gelegenheit, sich weiterhin an ihr zu reiben, so penetrant, dass es einfach kein Versehen sein konnte. Und da rammte sie ihm das Knie zwischen die Beine. Kurz und präzise, so als hätte sie es schon hundertmal gemacht. Doch ihr Puls raste dabei und ihr Blick musste panisch gewesen sein, jedenfalls drängte sich Wilko zu ihr hinüber und fragte, ob alles in Ordnung sei. Sie schaute sich um, aber der Typ war verschwunden. In diesem Moment kochte die Wut heiß und brennend wie Säure aus ihr heraus. «Sie sind da auf unserer Insel, sie nehmen alles in Beschlag und machen es kaputt, und wenn wir sie am Arsch haben, dann hauen sie einfach wieder ab und lassen uns mit dem ganzen Müll allein!»

Wilko sah sie an, und das jungenhafte Grinsen flüchtete nach und nach aus seinem Gesicht, als er merkte, dass sie es wirklich ernst meinte. «Wovon sprichst du?»

«Von den Lauten. Von denen, die nur ein paar Tage zum Abfeiern nach Norderney kommen und die Insel zustopfen mit ihren Trainingsanzügen und ihrem beschissenen Aldidosenbier am Hals. Verstehst du nicht? Die sind viel lauter, viel schmutziger und viel störender, als wir es hier jemals sein könnten.»

Wilko hatte den Arm um sie gelegt, als wolle er sie beschützen, doch sie fühlte sich ausgeliefert.

«Ich meine, uns gehört doch die Insel und nicht denen. Warum haben wir nicht das Recht, uns so zu benehmen, wie wir es wollen, aber die kommen immer ungestraft davon?»

«Reg dich doch nicht so auf, Pinki, das hat keinen Zweck. Es sind eben Gäste.»

«Ach, ich habe doch nichts gegen Gäste! Sollen sie sich doch ein paar schöne Tage auf der Insel machen mit ihren Koffern und Kindern und Kreditkarten. Gegen die habe ich doch gar nichts. Nur diese Horden dazwischen, diese Kegelclubs und Sportvereine, die einfach nur kommen, um laut zu sein, die machen mich so wütend.»

Dann sagten sie nichts mehr. Die Massen drückten sie die Poststraße rauf und runter. Es begann wieder Spaß zu machen. Jens hatte Apfelkorn besorgt, und sie tranken der Reihe nach aus der Flasche. Prost Neujahr! Ein nasser Kuss von Philip, mit dem sie noch nie geknutscht hatte, Swantje wurde schlecht und die Straßen wurden leerer.

Irgendwann saßen sie dann auf dem Rand des runden Brunnens vor dem Kurplatzrasen, sie nannten das Ding «Hochzeitstorte», weil es mit seinen verschiedenen Stockwerken aus Stein genauso aussah. Sie tauchten die nackten Füße in das eiskalte Wasser und sangen.

Warum wehrst du dich mit Füßen und Händen,
meinst du, meinst du wirklich, mir macht das Spaß?
Es wird ja, es wird ja doch wieder enden
als Sturm im Wasserglas.

Sie verstummte in dem Moment, als sie schwere und schwitzende Hände auf ihren Schultern spürte. Erst dachte Pinki, es wären ihre Eltern, doch als sie sich umblickte, stand da wieder dieser Typ und grinste, und neben ihm hatte sich der alte dicke Veit Konstantin postiert.

«Die isses.»

«Rosa Grendel? Na, da wundert mich nichts», war Konstantins Reaktion.

Erst hatte sie sich keinen Reim darauf machen können, was diese Aktion wohl zu bedeuten hatte. Doch als er sie unter den Schultern packte und hochhob, war ihr klar, dass es Ärger geben würde.

Konstantin schaute sie mit zusammengekniffenen Augen an. «Ich werde mal mit deinen Eltern reden, junges Fräulein. Du bist sturzbetrunken, hängst hier mitten in der Nacht rum und wirst dann noch handgreiflich meinen Gästen gegenüber.»

Pinki wusste nichts, aber auch gar nichts zu erwidern.

«Ich danke Ihnen, Herr Beutel, dass Sie mir von diesem Vorfall erzählt haben. Wir müssen unsere Jugend auf Norderney mal wieder vernünftig erziehen. Ich werde das Nötige veranlassen und hoffe, dass Sie die Sache großzügig handhaben und von einer Anzeige absehen.»

Langsam lockerte der Kerl hinter ihr den Griff, und schließlich stand sie mit hängenden Schultern zwischen ihm und Konstantin. Sie hatte zu zittern begonnen, wegen des kalten Wassers an den Füßen und wohl auch vor Angst, jedenfalls gingen die beiden Männer dann. Keiner hatte mehr gesungen.

Es war ein scheußlicher Jahresanfang gewesen. Wie ein schlechtes Omen, wenn man bedachte, was aus diesem kleinen, fiesen Zwischenfall in der Silvesternacht resultierte. Nun war Sommer, es war heiß, und die kleinen Touristenkinder spielten an der Hochzeitstorte, am Brunnen, wo es passiert war. Nun war es Sommer, und Oma Alide und Leefke waren beide tot.

Sie wären noch am Leben ...

Hätte Pinki damals nur einen halben Meter weiter gestanden, dann hätte dieser verfluchte Herr Beutel mit seinen lüsternen Fingern ins Leere gegriffen ...

29. Jasper schreckte hoch. Es war keine akustische Täuschung, kein Wind, der um das Haus schlich, und keines der Geräusche, die ein menschenleeres Gebäude von sich gab, wenn es sich unbeobachtet fühlte. Es war jemand gekommen.

Schritte über ihm. Eine Tür fiel langsam zu. Wasser rauschte durch die Rohre an der Kellerdecke. Er war nicht mehr allein.

Doch Jasper rührte sich nicht. Es war nicht die Art von Geräuschen, die Leefke gemacht hätte. Es war eine schwerfällige und doch hastige Bewegung über ihm wahrzunehmen, so als wäre jemand heimlich auf der Suche nach irgendetwas. Jasper hoffte, dass nicht er es war, nach dem gefahndet wurde. Trotz der ungezählten Stunden in diesem Keller, deren Ende er mehr als nur herbeigesehnt hatte, verkroch er sich nun in die hinterste Ecke seines Gefängnisses und wollte sich am liebsten unsichtbar machen.

Er konnte nicht genau sagen, woran er erkannte, dass Veit Konstantin im Haus war.

Und dies war der einzige Mensch, dem er nicht in die Hände fallen wollte.

Was hatte ausgerechnet der hier zu suchen? Er hatte ihn noch nie in diesem Haus hier gesehen. Obwohl es sein Elternhaus war, hatte Veit Konstantin es bislang peinlich vermieden, auch nur in die Nähe des Grundstückes zu kommen.

Oma Alide hätte ihn auch sicher vom Hof gejagt. Ihren eigenen Sohn.

Ihr Verhältnis war schon immer alles andere als das einer glücklichen Familie gewesen. Eigentlich war der Name das Einzige, was sie gemeinsam hatten. An Alide Konstantins siebzigstem Geburtstag hatten zwar ein üppiger Strauß Blumen und eine Büttenkarte mit goldenen Ziffern von Veit auf dem Tisch gestanden, doch sie hatte sich viel mehr über den selbst gebackenen Kuchen der Kinder und Jaspers kleines Geburtstagsgedicht gefreut. Gegen Abend war der Blumengruß umstellt von liebevollen Geschenken, die ihr von den Menschen persönlich überreicht worden waren, die ihre eigentliche Familie waren. Sie nannte sie alle ihre Kinder.

Doch dieses ohnehin hauchdünne Band zwischen Mutter und Sohn war kurz nach Neujahr endgültig gekappt worden. Von ihr, nachdem die Kinder mehr zufällig hinter den Betrug gekommen waren. Oma Alide hatte sich ihnen gegenüber nie etwas anmerken lassen, doch alle konnten sich vorstellen, wie sie gelitten hatte. Niemand ist je dahinter gekommen, welches finanzielle Ausmaß die Unterschlagung ihres Sohnes wohl angenommen hatte, doch irgendwie war es auch nebensächlich. Es ging um ebendieses letzte bisschen Vertrauen, das zerstört worden war.

Die Jugendlichen hatten ihn für seine Verhältnisse sehr früh am Neujahrsmorgen aus dem Bett geklingelt. Rika hatte die Augen verdreht, als sie die Stimmen von Leefke, Pinki und Wilko erkannte. Doch er war aus dem Laken hervorgekrochen und hatte ihnen die Tür geöffnet.

«Wir haben ein echtes Problem», fasste Leefke es kurz und freudlos zusammen. Er hatte für einen Moment an den wunderschönen Jahreswechsel mit ihr und den anderen gedacht, an die vielen herzlichen Umarmungen und das kurze, intensive Gespräch mit Leefke, als sie bereits alles abgebaut hatten. Nun sahen sie alles andere als glücklich aus. Er ließ sie herein, kochte Tee und stellte Cornflakes auf den Tisch. Fast wortlos hatten sie alles zusammengetragen, ein paar Aufbackbrötchen, Orangensaft aus der Tüte und Brombeermarmelade von Oma Alide. Und auf einmal saßen sie zusammen an seinem ovalen

Tisch in der Küche und frühstückten in den Tag hinein, bis Leefke anfing zu erzählen, was passiert war.

«Pinki ist letzte Nacht belästigt worden. Von einem alten Typen, nicht von hier, er hat sie angefasst und so, mitten vorm Hotel König, wo alle gefeiert haben.»

Er hatte Pinki angeschaut, sie schaute zurück. Sie war alles andere als schüchtern, und sie wurde keineswegs verlegen, obwohl es um ihre Intimsphäre ging. Also war dies nicht das Problem, um das es ging.

«Ich habe ihm ein paar in die Eier getreten, dann hat er sich aus dem Staub gemacht», erzählte jetzt Pinki mit ihrer unnachahmlichen Schnodderigkeit weiter, die Arme vor der bereits erstaunlich großen Brust verschränkt. «Ich dachte, damit wäre das Thema erledigt, aber dann, viel später, kam der Typ wieder, diesmal mit Veit Konstantin im Schlepptau. Er hat behauptet, ich hätte ihn mit besoffenem Kopf grundlos angegriffen. Und dann haben sie irgendetwas von Anzeige gequatscht und dass ich ins Bett gehöre und so 'n Mist.»

Alle hatten ihn angeschaut. Erwartungsvoll? «Wisst ihr, wie der Kerl hieß?»

«Beutel. Das konnte ich mir gut merken, weil er ja von mir einen in den Beutel gekriegt hat.» Ein kurzes gemeinsames Lachen wehte wie ein frischer Luftzug durch die angespannte Runde.

Jasper war kein Mann, der etwas vor sich herschob. Schon hatte er den Telefonhörer in der Hand. Swantje kiekste leise, sie hatte wohl ein wenig Angst vor der eigenen Courage, doch als sie sahen, dass er Oma Alides Nummer wählte, schienen sie alle erleichtert gewesen zu sein.

Und so war es aufgeflogen. Oma Alide kannte keinen Gast mit dem Namen Beutel, und sie war sich auch ganz sicher, dass ihr Sohn die Häuser über den Jahreswechsel nicht vermietet hatte. Betriebsruhe. Er hatte ihr gegenüber gesagt, dass die Heizkosten im Winter zu hoch seien und der ganze Aufwand mit dem Putzen für drei Tage nicht lohne, und die Nachfrage über Silvester ließe eh zu wünschen übrig und so weiter.

Doch nach dem Telefonat hatte Alide Konstantin ihre zwei Zentner in ein Taxi geschoben und war in die Stadt gefahren. Sie hatte drei Häuser, große Apartmenthäuser, zwei moderne und die Villa in der Bismarckstraße. Und alle waren voll belegt. Bis unter das Dach vermietet. Herr Beutel war auch unter den Gästen, die sie um zehn Uhr am Neujahrsmorgen energisch aus dem Bett geklingelt hatte. Und mit ihm stand der ganze Skatclub Recklinghausen-Süd in den Klamotten vom Vortag Oma Alide Spalier. Die gemeinschaftlichen Ausdünstungen hatten eine berauschende Reichweite von fast zwanzig Meter Umkreis. Dieses lächerliche Bild war eine ganze Woche lang Gesprächsthema auf der Insel gewesen. Doch eigentlich war es ganz und gar nicht zum Lachen gewesen.

Veit Konstantin hatte seine Mutter in nur drei Tagen um satte fünftausend Euro betrogen. Ihr Anteil am Vermietgeschäft. Sie war immerhin die Eigentümerin, er nur der Verwalter. Und keiner konnte mehr nachvollziehen, wie oft er schon ein ähnliches Spiel gespielt hatte. Er musste sich verdammt sicher gefühlt haben.

Und wenn die Kinder sich nicht an ihn, an Jasper gewandt hätten, dann wäre die ganze Sache vielleicht niemals aufgeflogen. Wenn Jasper nicht bei Oma Alide angerufen hätte …

So hatte Veit Konstantin nicht nur ein faustdickes Zerwürfnis mit seiner Mutter und Arbeitgeberin auszubaden, zahlreiche weitere Hausbesitzer entzogen ihm in den darauf folgenden Tagen die Verwaltung ihrer Immobilien.

Dies war der Grund, weshalb Jasper nun der Schweiß aus den Poren kroch und das muffige, inzwischen klamm gelegene Shirt klatschnass machte. Wenn ihn Konstantin jetzt hier entdecken sollte, dann würde es mehr als unangenehm für ihn werden. Dann könnte es sein, dass er sich die Langeweile und Ungewissheit zurückwünschte. Denn er war sich Konstantins Wut bewusst, und er war sich auch im Klaren darüber, dass dieser Mann keine klärende Diskussion mit ihm führen würde.

Doch die Schritte waren inzwischen nicht mehr über ihm, er hörte das trockene Geräusch der Fußsohlen auf der Steintreppe, die nach unten in den Keller führte. Jasper hielt den Atem an. Ein Schlüssel rüttelte energisch im Schloss. Gott sei Dank war es nicht seine Tür, die geöffnet werden sollte. Plötzlich vernahmen seine Ohren das metallene Geräusch nicht mehr, stattdessen aber das angestrengte, bullenhafte Schnauben des Mannes, der sich nun anscheinend direkt vor seiner Tür aufhielt.

Jasper blickte sich um, wo sollte er sich verstecken? Wenn Veit Konstantin nun wusste, dass er sich hier irgendwo aufhielt, dann wäre es sinnlos, sich zu verkriechen. Er saß wie versteinert auf seiner schäbigen Gartenliege und bemerkte, dass sich die Türklinke nach unten bewegte. Ein Ruck von außen, die Tür blieb verschlossen.

«Hallo, ist da jemand?», hörte er die Stimme. Das Klimpern eines Schlüsselbundes folgte. Wenn er nun hereinkam?

Die Erstarrung löste sich, als er den ersten Schlüssel im Schloss hörte. Er richtete sich elend langsam auf, bloß kein Laut, er musste so still und reglos sein wie die verbrauchte Luft in diesem Raum. Der Schlüssel passte nicht. Die Liege knarrte, als er sich erhob. Dann legte er sich auf den Boden und schob sich von der Fußseite her mühsam durch das Gestänge. Ein lächerliches Versteck. Wenn Konstantin gleich hereinkäme und ihn platt und hilflos hier liegen sah, dann wäre er ihm ausgeliefert.

Auch der zweite Versuch, die Tür zu öffnen, schlug fehl. Jasper rückte noch ein Stück weiter nach vorn. Mit seinem linken Arm bekam er einen Karton zu fassen, er zog ihn zu sich heran, doch er verbarg ihn so gut wie gar nicht vor den Blicken eines Suchenden.

Ein schnelles, gleitendes Klacken im Schloss verriet ihm, dass der dritte Schlüssel passte.

Er hielt die Luft an. Die Tür ging langsam auf, sein Glück, dass sie sich zur anderen Seite öffnete. Ein paar wenige Sekunden, die ihm blieben. Die Schritte kamen in den Raum.

Dann stand er da. Konstantin blickte sich um.

Als das laute, aggressive Piepen ertönte, hätte Jasper sich vor Schreck beinahe aufgerichtet. So blieben ein paar Haare im Metallgestell der Pritsche hängen, er riss sie heraus. Es piepte wieder. Konstantins Handy.

«Ja bitte?»

Gesegnet sei der Mensch, der gerade in diesem Moment angerufen hatte.

«Nein, ich bin noch hier. Das Fahrrad war nicht mehr da, vielleicht hat Leefke es an dem Abend benutzt. Ich wollte mir gerade ein Taxi bestellen.»

Lügner!

«Wirklich, Herr Kommissar. Ich habe mich an Ihre Anweisungen gehalten. Wo denken Sie hin? Ich sagte doch: Ich bin ein gewissenhafter Mensch.»

Du bist ein Lügner!

«Gut, das ist nett von Ihnen. Dann kann ich mir das Taxi sparen. Sie sind schon beim Golfhotel? Sehr gut, ich stehe gerade vor dem Haus. Wenn Sie mögen, dann schauen wir uns hier gleich ein wenig um. Wie geht es Frau Tydmers?»

Frau Tydmers?

«Danke, bis gleich.»

Konstantin machte auf dem Absatz kehrt. Er schien es mehr als eilig zu haben. Schon auf den ersten drei Stufen der Kellertreppe begann er zu schnaufen. Jasper blieb noch einen flüchtigen Augenblick liegen, doch die hastigen, schwerfälligen Schritte stiegen weiter hinauf. Konstantin musste sich verdammt beeilen, wenn er den Anschein erwecken wollte, er habe die ganze Zeit vor seinem Haus gestanden. Mistkerl.

Als er die Haustür hörte, stemmte Jasper mit einem Ruck die Liege über sich zur Seite. Ein kurzer Blick in Richtung Tür: Sie stand offen! Er war frei!

Doch er wollte nicht gedankenlos sein, er stellte seine erbärmliche Schlafpritsche wieder an Ort und Stelle, klemmte schnell die geöffneten Konservendosen und das abgerissene Plakat unter den Arm, dann verließ er den Raum. Von draußen hörte er Konstantin mit einem fremden Mann reden. Ein Kommissar! Er schlich die Kellertreppe hinauf. Doch das Ende der Stufen lag der Haustür direkt gegenüber, und diese war nur angelehnt.

«Gehen wir hinein», sagte der fremde Mann.

Jasper schob sich an die Wand. Wenn er es bis zur Küche schaffte, dann konnte er durch die Hintertür entkommen. Fünf, vielleicht sechs Schritte. Die Schatten der Männer tauchten bereits im engen Türspalt auf. Er sprang. Eine der Dosen fiel zu Boden.

«Was war das?», fragte Konstantin.

Doch Jasper hatte es geschafft. Er zwängte sich zwischen den kantigen Küchenelementen hindurch bis in die Speisekammer, von dort führte eine kleine Holztür ins Freie. Dann rannte er. Jeder Muskel tat ihm weh, er fühlte sich, als sei er gestern nicht erst vierzig, sondern doppelt so alt geworden.

Doch es musste gehen. Was war, wenn sie die Dose auf dem Boden liegen sahen und ihm nachliefen?

Er hatte keine Zeit, darüber nachzudenken. Wann war er das letzte Mal so gerannt? Sein Weg führte ihn direkt in die Dünen, und das war gut so. Dort war er frei. In Sicherheit. Einen sandigen Hügel hatte er überwunden, die Füße schleppten sich durch den weichen, rieselnden Sand, den nächsten Aufstieg nahm er mit letzter Kraft, schließlich ließ er sich fallen. Der Hunger und die Schmerzen hatten ihn besiegt.

Doch niemand tauchte über ihm auf. Sie hatten ihn nicht bemerkt.

Oder Konstantin hatte ihn zwar bemerkt, wollte es aber aus irgendeinem Grund vor diesem fremden Mann vertuschen. Ein Kommissar. Was war passiert? Ihm fielen die Schüsse ein. Und dann diese Frage: Wie geht es Frau Tydmers?

Er kannte nur zwei Frauen mit diesem Namen. Seine Mutter, doch er machte sich keine Sorgen, dass sie in diesem Fall gemeint sein könnte. Die Polizei war mit im Spiel.

Konstantin hatte Wencke gemeint!

Was hatte seine Schwester mit alledem zu tun? Er musste sie finden. Am besten, bevor irgendjemand bemerkte, dass er wieder frei war. Vielleicht war Leefke bei ihr.

Er stand wieder auf. Es ging irgendwie. Er wollte, er musste wissen, was passiert war. Er schaute auf die Uhr.

Mehr als dreißig Stunden fehlten ihm, seit er von Leefke außer Gefecht gesetzt worden war. Er wollte diese Zeit so schnell wie möglich wieder aufholen.

21.

Im Foyer drehte sich eine dunkelblaue Kugel, Wasser lief glänzend den Stein hinunter, und man bekam den Eindruck, dass sich hier vielleicht der Nabel der Welt befand. Hier in der Eingangshalle der Maritim-Klinik.

Rauchen verboten!

Wencke wäre gern hinausgegangen, um sich eine anzustecken, doch Remmer hatte für sie einen Kaffee bringen lassen, und sie wollte nicht unhöflich sein. Sie war zu schwach dazu. Der Kaffee tat gut. Immer dachte alle Welt, sie sei stark, sie käme allein zurecht. Doch in diesem Moment sehnte sie sich nach jemandem, der sich an ihre Seite stellte, der sie stärkte, der sie vielleicht an sich drückte. Remmer rührte sie nicht an. Vielleicht war er einfach nicht der Richtige für die Erfüllung solcher geheimen Wunschvorstellungen.

«Geht es wieder einigermaßen?» Remmer blieb mit besorgtem Gesicht vor ihr stehen, die Hände in den Taschen vergraben. Er schien nervös zu sein, schrecklich nervös.

«Hmm», antwortete sie müde.

«Deine Kollegen haben mich gebeten, ihnen die Stelle zu zeigen. Sie wollen die Geschosse suchen. Kann ich dich mit deinem Arm allein lassen?»

Sie blickte an sich herunter, hob die Hand ein wenig. Ein leiser, summender Schmerz kroch bis zur Schulter herauf. «Mir ist die Wunde nicht so wichtig, sie ist mir im Grunde genommen sogar ziemlich egal. Ich mache mir echte Sorgen um meinen Bruder.»

«Wir werden ihn schon finden.» Er rührte sich nicht vom Fleck. Rika kam aus einer der hinteren Türen neben der Portierkabine. Sie war dabei gewesen, als man Wencke den Arm untersucht und bandagiert hatte. Sie hatte ihr das Jod auf die Wunde gestrichen und mit seltsam teilnahmslosem Blick Wenckes Schmerz registriert. Es war ihr weder ein Wort des Erstaunens noch des Mitleids über die Lippen gekommen, gerade so, als behandle sie hier in der Maritim-Klinik täglich Schussverletzungen.

Nun setzte Rika sich neben sie, griff sich ihre Tasse Kaffee und trank mit geschlossenen Augen einen Schluck.

Wencke beobachtete Remmer, der Rika verstohlen von der Seite im Auge behielt, mit einem beinahe verstörten Blick. Es war ihr gestern schon der Verdacht gekommen, Remmer könnte in Rika verliebt sein. Er vermochte es gut zu verbergen, vielleicht ein klein wenig zu gut. Remmer wirkte so krampfhaft unaufdringlich. Er tat Wencke Leid; Rika würde ihn mit ihrer unsensiblen Art immer wieder überfahren, wenn er versuchte, sich in ihr Leben einzubringen.

«Rika?», sagte er, ohne sie direkt anzublicken.

«Hmm?», antwortete sie gleichgültig.

«Ach, nichts, schon gut, dann will ich mal», sagte er unschlüssig. Er schien sich nicht trennen zu können, vielleicht hatte er ihr etwas Wichtiges zu sagen, aber er wandte sich dann doch mit einem Ruck von ihnen ab und verschwand durch die automatischen Glastüren.

Rika hatte die Augen immer noch geschlossen und Wenckes Tasse fest in der Hand. «Ich bin völlig erledigt», klagte sie.

«Ich wollte dich trotzdem um einen Gefallen bitten», begann Wencke. Rika schaute sie skeptisch und mit halb geöffneten Augen an.

«Gehst du mit mir auf die Sonnenterrasse?»

«Was willst du da?»

Wie konnte Rika nur so eine dämliche Frage stellen? Es war Wencke nur ein Schulterzucken wert. Rika erhob sich betont mühsam. «Also, meinetwegen ...» Sie nickte in Richtung Fahrstuhl, Wencke folgte ihr. Der verspiegelte, in kühles Neonlicht getauchte Lift brachte beide in den vierten Stock. Ein Blick über die Dächer der Insel bot sich ihnen, kaum waren sie durch die Schiebetür gegangen. Sie betraten den Dachgarten, es war dort menschenleer und brütend heiß. Jemand hatte sich die Mühe gemacht und kiloweise Sand heraufgebracht, ein idyllischer Strandkorb lud zum Sonnenbaden ein und das allgegenwärtige Meeresrauschen vollendete die Illusion, man befände sich hier an einem Badestrand statt in einem Krankenhaus. Die Sonne biss sich auf Wenckes Haut fest. Sie trat ans Geländer, es reichte ihr fast bis zu den Schultern.

«Hier ist es also passiert», sagte Wencke tonlos.

Rika schüttelte den Kopf. «Nein, nicht hier, sondern jenseits der Absperrung. Dahinter befindet sich der Damentrakt, hier halten sich normalerweise nur die männlichen Patienten auf. Doch da die Polizei den Zugang dort hinten versiegelt hat, müssen sich zur Zeit alle dieses Stückchen Dach teilen. Ist aber nicht so schlimm, es ist sowieso zu heiß hier oben.»

Wencke lehnte sich, so weit es ging, vornüber. Es ging verdammt weit nach unten. Eine kupferne Dachrinne säumte den Mauervorsprung, sie war staubtrocken, hier war seit Ewigkeiten kein Wasser mehr geflossen. Zwei Streichhölzer lagen darin, das eine war abgebrannt. Durfte man hier oben etwa rauchen? Wencke gelang es, ein Stück zur Seite zu blicken, und sie konnte die Dellen im Kupferblech erkennen, die das herabfallende Mädchen dort hinterlassen haben musste.

«Ganz schön hoch, das Geländer. Hier kann man sich wirklich nicht aus Versehen zu Tode stürzen.» Wieder schaute sie Rika genau an. «Ist es auf der anderen Seite ebenso sicher?»

«Ja, natürlich.» Rika setzte sich in den Strandkorb, lehnte sich zurück und schloss die Augen. Sie wirkte eigentlich nur müde und wischte sich träge den Schweiß von der Stirn.

Wencke beobachtete sie unauffällig. War irgendetwas an ihr verdächtig? Warum wurde sie das Gefühl nicht los, dass Rika nicht ehrlich war?

«Wenn es ein Selbstmord war, dann muss sich dieses Mädchen verdammt angestrengt haben, um hier heraufzukommen. Wenn es Mord war, dann ...» Wencke machte eine kurze Pause. «Dann war es sicherlich ein Kraftakt, sie über die Mauer zu wuchten.»

Rika schaute nicht auf.

«Ich meine, wenn sich diese Leefke Konstantin mit Händen und Füßen gewehrt hat, dann hat sich der Täter oder die Täterin sicher ziemlich den Rücken verrenkt.»

Jetzt blinzelte Rika. Nicht wirklich aus der Bahn geworfen, aber wachsam.

Wencke beschloss, weiterzumachen. «Aber das Personal hier ist es ja gewohnt, Menschen zu heben, und dieses Mädchen war ja noch so jung und so gertenschlank, nicht wahr? Schlanker als du, Rika, oder?»

Rika stand auf und stellte sich direkt neben sie. Beide schauten zum Meer, das sich weit unter ihnen satt und leise ausbreitete. Nur ein weißes Segelschiff bewegte sich weit entfernt unterhalb des Horizontes auf dem Wasser. Alles andere schien in der Hitze erstarrt zu sein.

Rika flüsterte. «Wencke, tut mir Leid, wenn ich es dir gerade jetzt sagen muss, ich weiß, du hast eine ziemliche Ladung abbekommen heute, aber mir wäre es ehrlich gesagt lieber, wenn du wieder verschwindest.»

Jetzt hatte Rika verstanden. Jetzt hatte sie angebissen. Doch sie hatte immer noch das herzliche, gutmütige Krankenschwesterlächeln auf dem Gesicht.

«Himmel, du bist angeschossen worden, hier auf Norderney. Und Jasper ist immer noch nicht da. Weiß der Teufel, wo er steckt, ob er in Gefahr ist oder festgehalten wird. Aber was auch mit ihm passiert ist, ich bin mir sicher, du wirst nicht dahinterkommen und bist zudem noch eine Gefahr für dich selbst, aber auch für mich und Jasper. Irgendjemandem passt es nicht, dass du herumschnüffelst, und deswegen möchte ich, dass du die nächste Fähre nimmst.» Rika sprach leise, aber unverkennbar aggressiv.

«Ich werde nicht gehen.»

Rika machte sich nicht die Mühe, den Blick von den Wellen am Horizont abzuwenden, sie bewegte sich nicht, nur ihre rot bemalten Lippen. «Bei mir kannst du jedenfalls nicht bleiben. Wir fahren jetzt zu mir nach Hause, und dann packst du deine Sachen.»

Eine alte Frau mit welker Haut und Bademantel betrat den steinernen Garten und legte sich einige Meter von ihnen entfernt auf eine Liege im Schatten.

Wencke stützte sich nur kurz auf den bandagierten Arm, als sie sich ruckartig vom Geländer abstieß, der Schmerz fuhr wie ein Blitz in ihr Bewusstsein. «Du hast meine Mutter verrückt gemacht mit deiner angeblichen Sorge um Jasper. Sie hat mich geradezu angefleht, ihn zu suchen, weil du so verzweifelt geklungen hast. Egal, ob deine Angst nun echt oder gespielt war, fest steht: Ohne dich läge ich jetzt unter der friedlichen Sonne der Kanaren, meine Liebe.» Sie sprach laut, machte bei diesem heimlichen Geflüster nicht mehr mit.

«Sei bitte etwas leiser, Wencke. Das ist es gerade, was mich und dich und uns alle in Gefahr bringt. Immer bist du viel zu laut.»

«Sag mir, was der wahre Grund ist, Rika. Wenn du mir nur einmal klipp und klar sagst, was hier eigentlich wirklich gespielt wird, dann lass ich dich auch in Ruhe.»

Ruckartig ergriff Rika Wenckes Schultern, sie blickte ihr

in die Augen. Das schwarze Endloshaar hatte sich an ihrem Schwesternkleid und in der Sonnenhitze elektrisiert, es schwebte knisternd und wild um ihr wütendes Gesicht. «Du meinst, hier wird gespielt?», zischte sie. «Vielleicht hast du Recht und es gibt so etwas wie Spielregeln hier auf der Insel, und Jasper hat sich nicht daran gehalten. Er ist und war nie in der Lage zu erkennen, wer seine Mitspieler und wer die Gegner sind. Und wer die höhere Punktzahl hat, der ist nun mal der Sieger. Jasper ist rausgeflogen, wenn du verstehst, was ich meine. Kaltgestellt, auf welche Weise auch immer, aber ich bin noch im Spiel, vielleicht als Jägerin, vielleicht als Gejagte, und das Letzte, was ich brauche, ist eine unfähige Komplizin.»

«Mensch ärgere dich nicht?»

Rika nahm ihre Tasche unter den Arm. Ihre Schuhsohlen machten ein abgedämpftes Geräusch auf dem aufgeworfenen Sand, als sie zum Ausgang hastete.

Den Türgriff bereits in der Hand, blieb sie stehen, drehte sich um, und endlich sprach sie so laut, dass man sie wirklich hören konnte. «Monopoly!»

22. **Aufkommende Bewölkung, 30 °C im Schatten** «Um was geht es hier eigentlich, Britzke? Um Geld? Um Häuser? Um die besten Plätze?» Barfuß war Axel Sanders schon lange nicht mehr unterwegs gewesen. Schon gar nicht im Dienst. Doch die Hitze ließ es nicht anders zu, und als Meint Britzke sich seiner schäbigen Turnschuhe entledigt hatte, da konnte Sanders es ihm gleichtun. Es war eine Wohltat, zugegeben, und er verspürte so etwas wie Vorfreude, als sie ihre Schritte in Richtung Strand lenkten, dass er gleich das angenehm kühle Nordseewasser um seine Zehen spülen lassen konnte.

Sie hatten Wencke Tydmers nur um ein paar Augenblicke verpasst, die Dame am Klinikempfang hatte ihnen jedoch ausgerichtet, dass alles in Ordnung sei. Sanders war erleichtert. Der kurze Moment im Auto, als sie schweigsam und nicht nur am Arm verletzt aus dem Fenster geblickt hatte, war ihm nahe gegangen. Und es hatte ihm zu denken gegeben, dass ausgerechnet sie Opfer eines Mordanschlages geworden war. Sie suchte doch nur ihren Bruder, wer sollte sich daran stören? Es gehörte nicht allzu viel Kombinationsgabe dazu, hier eine Verbindung herzustellen. Veit Konstantin hatte geradezu allergisch auf den Namen Tydmers reagiert, nicht zuletzt, weil er einen Zusammenhang zwischen dem Tod des jungen Mädchens und dem Verschwinden des «Brombeerpiraten» herzustellen versuchte. Inzwischen hatte sich Sanders bei den Norderneyer Kollegen ausgiebig nach Konstantins angeblicher Zuverlässigkeit erkundigt und erfahren, dass es nicht weit her damit war. Ganz im Gegenteil, der Ziehvater der Toten wurde auf Norderney als Betrüger und, wie hatte Kommissarin Lütten-Rass es ausgedrückt, als «Arschloch» tituliert.

Sanders hatte sich unverzüglich in den Dienstwagen gesetzt und war mit für die Inselverhältnisse rasantem Tempo zurück zu dem kleinen Haus in den Dünen gerast. Doch wenn es dort je irgendetwas Verdächtiges gegeben hatte, so war es Konstantin gelungen, dies in der kurzen Zwischenzeit zu verbergen.

Der Schlüssel aus der Hosentasche des Mädchens hatte zur Tür eines Kellerraumes gepasst, die bereits offen stand. Dahinter nichts als abgestandene Luft, kaum wahrnehmbarer Uringestank und unspektakuläres Gerümpel. Inzwischen gingen sie davon aus, dass Leefke dort das Fahrrad gefunden hatte, mit dem sie in der Nacht zur Maritim-Klinik gefahren war.

Alles in allem war aus den hier und da gewonnenen Erkenntnissen nichts als ein lückenhaftes Bild zu erstellen. Ein unvollständiges Puzzle, mehr nicht. Sanders wusste, dass er auf Hilfe angewiesen war, wenn er etwas herausfinden wollte. Und er wusste auch, wen er darum bitten musste.

«Was halten Sie davon, wenn wir Frau Tydmers … nun, wie soll ich sagen, in den Fall mit einbeziehen?»

Sie waren inzwischen auf der steinernen Uferpromenade angelangt, und vor ihnen breitete sich dunkelblau und riesig das Meer aus. Selbst die Nordsee schien zu schwitzen, denn statt der erhofften spritzenden Brandung leckte das Salzwasser nur träge am weißen Strand. Eine Hand voll Touristen klebte auf dem Stückchen Sand zwischen den dunkelgrauen Buhnen, Sanders und Britzke waren die Einzigen, die sich in der Senkrechten bewegten. Ein gigantischer Dreimaster schien die Insel anzusteuern, seine weißen Segel hingen schlaff in der Flaute, doch dieses Schiff war das Einzige, was Sanders daran erinnerte, dass dies das Meer und kein läppischer Badeteich war.

Britzke reagierte nicht annähernd so überrascht, wie Sanders erwartet hatte. «Ich denke, das ist eine gute Idee.»

«Vorausgesetzt, sie macht mit. Schließlich hat sie Urlaub.»

Der graue Beton unter ihren Füßen hatte die Sonnenhitze in sich aufgesogen und verbrannte Sanders erbarmungslos die empfindlichen Fußsohlen. Er bemühte sich, möglichst kurz aufzutreten, was seinen Gang zu einem flüchtigen, kindlichen Tanz werden ließ. Endlich erreichten sie den Sand, die Oberfläche war ebenfalls heiß, doch darunter, wenn man die Zehen ein wenig tiefer bohrte, fand sich lindernde Kühle.

«Sie wird mitmachen. Es wird einen triftigen Grund haben, dass sie hier auf Norderney und nicht mit ihrem Freund in Äquatornähe ist.»

Britzke war als Erster an der Wasserkante angelangt. Er krempelte seine Hose bis über die Knie und ging weiter, bis das Meer seine leicht behaarte Wade zur Hälfte umspielte. Sanders tat es ihm gleich, auch wenn es ihn einige Überwindung kostete.

Der nächste Satz verlangte ihm allerdings noch einiges mehr ab. «Ihr Freund, dieser … dieser … ähm, Ansgar heißt er?» Sanders hoffte, dass er gleichgültig wirkte, dass sich dieser Satz wie ein harmloser Plausch ohne Hintergedanken anhörte. «Wie ernst ist die Sache mit ihm und Wencke?» Kleine Pause, Sanders entging nicht, dass Britzkes Stirn ein paar skeptische Falten warf. «Ich meine nur, ob wir im Kollegenkreis bald für ein Hochzeitsgeschenk sammeln müssen …»

«Kann ich mir eigentlich nicht vorstellen, passt nicht zu Wencke, das mit der Heiraterei meine ich, der Ansgar passt eigentlich schon ganz gut zu ihr.»

«Inwiefern?», brachte Sanders über die Lippen, den Blick starr auf seine eigenen nackten Füße und den Sand darunter geheftet.

«Er ist ein Netter, ziemlich zuverlässig, ausgeglichen, ruhig und so. Eben alles das, was Wencke nicht unbedingt ist, ich denke, sie können sich ergänzen.»

Sanders fand, dass er selbst eigentlich auch nett, ausgeglichen und zuverlässig war, vielleicht nicht ruhig, aber er konnte sich an Wenckes Seite eigentlich keinen stillen, schüchternen Kerl vorstellen. Ein verräterisches Seufzen glitt zwischen seinen Lippen hindurch, und er beschloss, das Thema zu wechseln, bevor es peinlich wurde.

«Britzke, erzählen Sie mir, wie Sie die Sache hier auf Norderney einschätzen. Ihre Sicht der Dinge würde mich interessieren.»

«Dieses Mädchen hatte einen guten Grund, vom Dach zu stürzen, egal, ob sie gestoßen wurde oder aus freien Stücken gesprungen ist. Abgesehen davon finde ich es sehr erfreulich, dass Sie mich mal nach meiner Meinung gefragt haben.»

Sanders räusperte sich nur. Schweigend gingen sie ein paar Schritte nebeneinander und trieben mit den nackten Füßen das lauwarme Meerwasser in kleinen Wellen vor sich her.

«Wenn Sie noch mehr von mir hören möchten ...»

«Nur zu, Kollege.»

«Meiner Ansicht nach sind wir in diesem Fall die Einzigen auf der Insel, die überhaupt an einer Aufklärung interessiert sind. Abgesehen von den Norderneyer Kollegen natürlich, doch die haben ohnehin in der Hauptsaison alle Hände voll zu tun. Wencke Tydmers sucht ihren Bruder, wir suchen die Wahrheit über den Tod des Mädchens, und wie es aussieht, hängen diese beiden Geschichten ziemlich eng zusammen. Wir sollten also unbedingt gemeinsame Sache machen. Sonst kann es uns passieren, dass alle Spuren im Sande verlaufen, denn daran scheinen einige hier ein reges Interesse zu haben.»

Meint Britzke stieg auf die steinerne Buhne, die sich vor ihnen aus dem Wasser erhob. Als er auf der anderen Seite hinuntersprang, landete er bis zu den Oberschenkeln im Wasser. Ohne ein Wort über das Missgeschick zu verlieren, öffnete

Britzke seine Jeans und schob sie über die nassen Beine nach unten. Er trug Boxershorts, weiß-blau karierte, die nach Fünferpack im Sonderpostenmarkt aussahen. Sanders schaute sich um, doch niemand schien Anstoß daran zu nehmen, dass ein Polizeibeamter in Unterhosen am Strand entlangspazierte.

Seufzend streifte auch Sanders seine Beinbekleidung ab. Es war schließlich seine einzige Hose ohne Fahrradölflecken, und die musste er schonen. Es sah im Moment nicht so aus, als könnten sie heute Abend die Insel verlassen. Die hellblauen Zipfel seines Hemdes streiften eine Handbreit unter dem Schritt seine solariumsgebräunte Haut. Egal, wie lächerlich er sich für einen kurzen Moment fühlte, neben Britzke machte er immer noch eine ganz gute Figur.

«Gehen wir die Leute mal durch», schlug Sanders vor. «Rosa Grendel alias Pinki zum Beispiel. Welches Interesse sollte sie daran haben, Tatsachen zu verschleiern?»

«Vielleicht hat sie keine so rühmliche Rolle gespielt als beste Freundin», schlug Britzke vor. «Hat Warnsignale überhört oder sich der unterlassenen Hilfeleistung schuldig gemacht. Gestern bei der Vernehmung hat sie auf mich zumindest nicht gerade den Eindruck gemacht, als sei sie wirklich ahnungslos.»

«Und warum haben Sie nichts dazu gesagt?»

Meint Britzke zog die Mundwinkel nach unten und die Schultern nach oben. Mehr hatte er darauf nicht zu erwidern, und Sanders begann, an seiner Teamfähigkeit und seinen Führungsqualitäten ernsthaft zu zweifeln. Sollten all die Weiterbildungsmaßnahmen im Urlaubsseminar auf Menorca mit dieser Geste zunichte gemacht werden?

«Wir werden das Mädchen heute noch besuchen», schlug er vor. «Und wir werden sie nach Veit Konstantin fragen.»

«Und nach Jasper Tydmers.»

«Auch nach dem, Sie haben Recht.» Sanders wunderte sich

selbst, wie leicht ihm diese Worte über die Lippen gingen. «Was hat Ihr Besuch bei Veit Konstantins Bruder ergeben?»

«Er ist ein ganz anderer Typ», erwiderte Britzke. «Vielleicht ein wenig unterbelichtet, wenn Sie mich fragen. Aber absolut harmlos auf den ersten Blick.»

«Und sein Alibi für die Schüsse auf Frau Tydmers?»

«Da hatte er nicht so viel vorzuweisen. Er käme als Schütze infrage, da er zur Zeit, als die Schüsse fielen, angeblich einen Strandspaziergang gemacht hat. Keine Zeugen. Kollegin Lütten-Rass hat sich darüber amüsiert, da Insulaner ihrer Meinung nach nie in der Hauptsaison vormittags am Strand spazieren gehen. Jedoch fehlt uns dann immer noch eine zweite Person.»

«Na, die sollte sich im Familienkreis finden lassen. Viel wichtiger ist ein Motiv! Es wird doch wohl hoffentlich nicht die ganze Sippe auf Wencke Tydmers zielen, wenn der einzige Grund die Wut und das Misstrauen auf deren Bruder ist.»

Meint Britzke blieb stehen und ließ sich in gebückter Haltung das Salzwasser um die Handgelenke fließen. «Sie haben doch von diesem Familienstreit gehört, bei dem die inzwischen selige Alide Konstantin ihre Söhne des Betrugs beschuldigt hat. Jasper Tydmers hatte bei der Aufdeckung auch seine Finger im Spiel.»

«Ja, zwar nur am Rande, aber immerhin. Vielleicht macht es Sinn, diesen Fall noch einmal näher zu beleuchten.»

Meint nickte. «Und auch die näheren Todesumstände von Alide Konstantin würden mich mal interessieren. Es gab schließlich eine ganze Menge zu erben.»

Sanders blickte seinen Kollegen an. Die belebende Wirkung des kühlen Meerwassers schien seinem Kombinationsvermögen gut getan zu haben. «Aber zuallererst sollten wir unsere Kollegin finden», schlug Sanders vor, und er gab sich alle

Mühe, seinen Tonfall kameradschaftlich klingen zu lassen, denn irgendwie schien dies der Situation angemessen zu sein.

Britzke blieb plötzlich stehen und zog sich das Poloshirt über den Kopf. Einen kurzen Moment lang hielt er die blasse und gänzlich untrainierte Brust in den kaum spürbaren Seewind. «Das heißt dann wohl, dass unser kleiner Erfrischungsspaziergang beendet ist, nicht wahr?»

Sanders musste zugeben, dass er Britzke um seine ungenierte Art beneidete, zumindest was den Abkühlungseffekt anging. Es lag ihm jedoch nichts ferner, als sich nun ebenfalls nackt bis auf die Unterhose am Norderneyer Hauptbadestrand zu präsentieren. Das ging entschieden zu weit.

Britzke ließ den Stoff wieder über den Oberkörper gleiten, dann zogen sich beide die Hosen an und gingen hinauf zur Strandpromenade.

Die Hitze hüllte sie augenblicklich wieder ein.

«Was meinen Sie, wird es heute noch ein Gewitter geben?», fragte er Britzke. Eigentlich war es ganz und gar nicht Sanders' Art, über das Wetter zu plaudern, doch es fiel ihm nichts anderes ein, was die Situation weniger peinlich hätte machen können.

23. Mutterseelenallein war ein ziemlich spießiges Wort, jedoch kam Pinki nicht umhin, sich in diesem Moment genau so zu fühlen.

Die Jungs hatten auf ihren Laken Platz für die beiden Touristenmädels freigeräumt, und im selben Moment hatte sie sich auf die Socken gemacht. Keiner hatte ihren Abschiedsgruß erwidert. Was war nur passiert? Hatte sie irgendetwas falsch gemacht?

Zu wenig gelacht vielleicht.

Wohin sollte sie gehen? Wohin ging man, wenn man seine Ruhe brauchte, aber nicht allein sein wollte? Vielleicht shoppen … Pinki brauchte kein neues Teil für ihren Kleiderschrank, wirklich nicht, aber sie wollte eines.

Kleine Kinder sprangen aufgeregt im Strandkiosk herum, weil sie ein Eis wollten und weil sie den altmodischen Segler in der Nähe des Strandes für ein Piratenschiff hielten, das gerade die Insel Norderney überfiel. So etwas Ähnliches hatte Pinki als kleines Kind auch immer gedacht. Jetzt war sie zu erwachsen dafür, stellte sie fest, eine Morddrohung im Strandbeutel machte irgendwie alles anders. Sie kaufte sich eine kalte Cola und eine neue Schachtel Zigaretten. Die Frau hinter ihr verlangte dasselbe.

«Entschuldige, hast du Feuer?», fragte sie Pinki. Ihre Haare waren superkurz und ziemlich rot, ein Arm steckte in einem Verband. Pinki hielt ein Streichholz an das Ende ihrer Zigarette. Die Frau machte keinen blöden Spruch, dass sie ja eigentlich noch zu jung zum Rauchen sei, sonst sagte das eigentlich jeder, egal, ob er oder sie selbst eine Zigarette im Mund hatte oder nicht. Und die Frau kam ihr auf merkwürdige Weise vertraut vor.

«Danke», sagte sie. Irgendwie blieben sie dann nebeneinander stehen und schauten diesem riesigen Schiff hinterher. «Du bist von hier, nicht wahr?»

«Ja», sagte Pinki.

«Kanntest du die Leefke Konstantin?»

Pinkis Herz schlug schneller. «Sind Sie von der Polizei?»

«Jein», lachte die Frau.

Pinki sagte nichts, sie rauchte nur und beschloss, so schnell und unauffällig wie möglich zu verschwinden.

«Keine Sorge, meine Frage ist rein privat. Normalerweise arbeite ich bei der Kripo, doch jetzt bin ich im Urlaub hier. Ich frage dich nur, weil ich meinen Bruder suche. Der ist nämlich verschwunden.»

Jetzt schaute Pinki noch einmal genauer hin. Die Frau blickte ernst und nachdenklich in die Ferne, doch vorhin hatte sie kurz gelächelt, Pinki erinnerte sich an ein weißes Blitzen zwischen den Lippen, sie kannte dieses Lachen. «Jasper ist verschwunden?»

Die Frau nickte. «Seit jener Nacht.»

«Das kann nicht sein», sagte Pinki flach, doch in ihrem Kopf setzte sich einiges zu einem passenden Bild zusammen, und es gefiel ihr ganz und gar nicht, was sie da erkannte. Bislang hatte es sie noch nicht stutzen lassen, dass Jasper sich nicht bei ihnen gemeldet hatte. Unter normalen Umständen hätte er es getan, da war sie sicher. Er musste genauso von Leefkes Tod betroffen sein wie sie alle. Wenn nicht sogar noch ein wenig mehr. Doch er hatte sie bisher allein gelassen. Hatte sich nicht um sie gekümmert. Hatte sie im Stich gelassen. Und sie wusste doch, dass Leefke sich an diesem Abend mit ihm treffen wollte. Mit ihm und Rika. Sie wollte endlich reinen Tisch machen, hatte sie gesagt. Sie wollte nicht mehr mit der Wahrheit hinterm Berg halten, dazu sei ihr Jasper viel zu wichtig geworden. Und sie, Pinki, hatte wirklich versucht, es ihr auszureden.

Sie musste das Gesicht verzogen haben, denn die Frau sah sie nachdenklich von der Seite an. «Ich bin Wencke Tydmers, und es würde mir wirklich sehr viel bedeuten, wenn du mir erzählen könntest, was du weißt.»

Pinki schüttelte den Kopf. Ihr war speiübel, und sie wusste auch, warum. Sie wusste, diese Frau hier neben ihr würde der Mensch sein, dem sie alles erzählen konnte. Und es war kein Gefühl der Erleichterung, wirklich nicht. Langsam schob Pinki die Hand in den Strandbeutel, fast wie von selbst glitt ihr der Brief in die Finger. Sie zog ihn heraus.

«Darf ich das lesen?», fragte Jaspers Schwester. Wortlos schob Pinki ihr das kleine Stück Papier in die Handfläche. Lautlos bewegte die Frau ihre Lippen, als sie die kurzen Zeilen überflog.

«Wenn du so viel weißt, wie du vorgibst, dann halte dich besser zurück. Oder willst du Oma Alide und Leefke demnächst mit Handschlag begrüßen?» Pinki kannte jede Silbe, obwohl sie den Zettel nur zweimal gelesen hatte. Die Worte hatten sich in ihrem Hirn eingebrannt, wahrscheinlich für immer.

«Ich nehme mal an, du weißt nicht, von wem das kommt», sagte die Frau leise und ohne einen Hauch von Verwunderung in der Stimme, als sie ihr den Zettel zurückgab.

«Doch, ich habe da so eine Vermutung. Aber es ist wirklich nicht mehr als das.»

Pinki spürte einen festen, aber freundschaftlichen Druck an ihrem nackten Oberarm, als die Frau sie zu einer freien Parkbank führte. Sie setzten sich, die aufgeheizte Sitzfläche brannte an ihren Schenkeln.

«Ich habe hier einen Text von Leefke», sagte die Frau neben ihr.

Schon die ersten Zeilen verschwammen vor ihren Augen,

denn sie sah Leefke vor sich, wie sie wütend und grundehrlich die Wahrheit sagen wollte. Niemand hatte sie je davon abbringen können. Nur dieses eine Mal hatten sie alle Leefke zum Schweigen verdonnert. Dieses eine Mal. Und das hatte ihrer Freundin das Leben gekostet. Hätte sie doch nur etwas gesagt …

Sie rieb sich mit dem Handrücken die verlaufene Mascara aus dem Gesicht.

Pinki wusste, es würde keine Aufforderung zum Reden kommen. Sie und diese Frau, diese Wencke Tydmers, tranken beide kalte Cola und schwitzten, weil die Sonne ihnen glühend in den Nacken brannte.

Und als sie sich die nächste Zigarette anzündeten, hatte Pinki eine Idee. Sie hielt der Frau das abgebrannte und ein ungebrauchtes Streichholz entgegen. Es war so eine Marotte von ihr, dem Schicksal die Entscheidung zu überlassen, wenn sie nicht ja und nicht nein sagen konnte.

«Ich weiß einfach nicht mehr, was richtig ist. Reden oder Schweigen. Manchmal ist auch beides verkehrt. Und darum bitte ich Sie, ein Streichholz zu ziehen.»

Wencke Tydmers verzog keine Miene. Ernst blickte sie in Pinkis Augen, ernst und ein wenig traurig. «Wenn ich das lange ziehe, dann redest du.»

Pinki nickte.

Die dünnen Holzstückchen zitterten in ihren unruhigen Händen. Wencke Tydmers ließ sie nicht aus den Augen. Vielleicht würde sie ihr ohnehin alles erzählen.

Das abgebrannte Streichholz kippte schlaff zwischen ihren Fingern hin und her, als die Frau das andere herausgezogen hatte.

Und dann begann Pinki zu reden, einfach so, ohne Punkt und Komma, ohne Wenn und Aber.

Hinter dem Horizont wühlten sich riesige weiße Wolkentürme hervor, dahinter färbte sich der Himmel satt dunkelgrau. Urplötzlich schob eine Windböe über die Promenade und wirbelte Eispapiere, Sand und ihre Zigarettenkippen in die Höhe. Gleich würde es ein Gewitter geben.

Sie erzählte alles. Fast alles.

24.

«Jasper!»

«Ist Wencke hier?»

Rika warf sich ihm an den Hals und schluchzte in seinen verschwitzten Hemdkragen. «Wo bist du nur gewesen? Es ist alles so schrecklich! Ich bin fast verrückt geworden vor Angst!»

Irgendetwas störte ihn an Rikas Umarmung, er war unfähig, es zu benennen, aber er schob sie langsam, doch kraftvoll von sich.

«Mir geht es gut. Mal abgesehen davon, dass ich schrecklichen Hunger habe. Aber was ist hier passiert? Wo steckt Leefke und warum habt ihr mich nicht da rausgeholt?» Eine kalte Wut mischte sich in seine Worte. Ja, er war unvorstellbar wütend auf Rika, jetzt noch mehr als in seinem Gefängnis in den Dünen. Ihr hysterisches Benehmen stachelte dieses aggressive Gefühl an. Sie hatte ihn verdammt nochmal im Stich gelassen.

«Ich mache uns erst einmal etwas zu essen. Ich habe seit deinem Verschwinden keinen Bissen mehr herunterbekommen. Nudeln?» Seltsam unsicher ging sie vor ihm her in die Küche und stellte wortlos einen Topf mit Wasser auf den Herd.

Im Haus war es wunderbar kühl. Die Hitze in den Dünen und auf der Straße hatten seinen Heimweg zur Tortur werden lassen. Jasper holte eine Packung Spaghetti mit Fertigsoße aus dem Schrank, faltete den Pappkarton zusammen und legte ihn zum Altpapier. Direkt auf einen Pizzakarton. Wie lange hatten sie sich keine Pizza mehr geholt? Sie hatte seit seinem Verschwinden keinen Bissen mehr herunterbekommen? Was wurde hier gespielt? Fast automatisch ging er auf Distanz. Ein unangenehmes Gefühl des Misstrauens hatte sich zu ihnen in die Küche gesellt.

Müde ließ sich Jasper auf die Holzbank fallen. Hinter den

Fensterscheiben schien sich ein Unwetter zu sammeln, der Himmel verdunkelte sich bedrückend schnell, und die oberen Kiefernäste im Vorgarten zuckten im aufkommenden Wind. Gleich wird sich diese unerträgliche Spannung entladen, dachte Jasper, und er ahnte, dass dies nicht nur für das Wetter galt.

Endlich kochte das Wasser, und Rika ließ die langen Nudeln vorsichtig hineingleiten. Jetzt erst setzte sie sich zu ihm. «Schon komisch, dass ich nichts Besseres zu tun habe, als mich an den Herd zu stellen, nicht wahr?»

Er nickte wortlos.

«Ich erkenne mich sowieso kaum wieder, seitdem dies alles passiert ist. Ich schwanke hin und her zwischen Euphorie und Depression, wie ein Kind, wie du manchmal.»

Jasper wollte es am liebsten gar nicht wissen, wollte sich im ruhigen Wasser der Unwissenheit bewegen, statt dem aufkommenden Sturm ins Auge zu sehen. «Was ist denn passiert?»

Rika starrte ihn an. Ihr Blick war riesig und dunkel, er hatte ihre Augen immer geliebt, nun schien er sich in ihnen zu verirren, weil er nirgendwo einen Funken Wärme entdecken konnte.

«Ich hoffe, du weißt es wirklich nicht. Warum bist du verschwunden?» Rika stand wieder auf und rührte in der Tomatensoße. Er konnte sehen, dass sie zitterte. «Warst du auf der Flucht oder selbst ein Opfer?»

Wollte sie ihn auf die Probe stellen? Warum sagte sie nicht einfach, was geschehen war? Er fühlte das Blut in seinen Kopf steigen. Diese hilflose Wut machte es ihm nahezu unmöglich, einen klaren Gedanken zu fassen. Doch irgendwie schaffte er es, nach außen hin ruhig auf seinem Platz sitzen zu bleiben. Vielleicht war er auch einfach zu erschöpft.

«Du weißt tatsächlich nichts», sagte sie schließlich. Sie goss das weißliche Nudelwasser in den Ausguss, der heiße Dampf schlug in ihr Gesicht. «Leefke, deine geliebte Leefke ist tot. Sie hat sich in der Klinik von der Terrasse gestürzt. Noch eine knappe Stunde hat sie gekämpft, ganz so, als wolle sie eigentlich gar nicht sterben. Doch dann hörte das EKG endgültig nicht mehr auf zu piepen, ich war dabei, hatte Dienst auf der Unfallstation. Es war schrecklich, doch wir konnten nichts für sie tun.»

Dieser Druck im Schädel, Jasper presste die Hände gegen die Schläfen, er hatte Angst, alles würde zerspringen. Sein Kopf, sein Herz, sein Leben. «Wann ist es passiert?», stieß er hervor.

Es entsetzte ihn, mit welcher Gelassenheit Rika die Teller auf den Tisch stellte.

«Sie starb kurz vor Mitternacht, kurz vor deinem Geburtstag. Ich habe noch gedacht: Happy Birthday, lieber Jasper, das wird ein verdammt trauriger Tag für dich werden. Aber du bist ja nicht gekommen. Warst einfach weg. Stattdessen war die Polizei in der Klinik, und Wencke ist auch auf die Insel gekommen. Und alle haben mich nach dir gefragt.» Ihre Stimme wurde schriller, die demonstrative Ruhe konnte sie offenbar nicht mehr aufrechterhalten. Rika ließ mit lautem Klirren das Besteck in die tiefen Teller fallen. «Alle fingen sie an, interessierten sich für deine Liaison mit diesem jungen Ding. Du hast mir tausendmal geschworen, dass da nichts war, doch wenn mich jeder danach fragt ...» Sie schien mit einem Mal kein Wort mehr über die Lippen zu bekommen. Schlaff hingen ihre Arme herunter, sie lehnte sich an die Küchenzeile und blickte zu Boden. Hinter ihr blubberte die Tomatensoße und hinterließ blutrote Flecken auf dem Kochfeld, an den Fliesen und an Rikas Oberarm. Sie zuckte kurz zusammen, blieb jedoch regungslos stehen.

Jasper erhob sich, nahm den Soßentopf vom Feuer und stellte die Herdplatte ab. Er verspürte keinen Hunger mehr, auch keine Wut und noch keine Trauer. Leefke war tot. Sie hatte ihn im Haus in den Dünen eingeschlossen, war mit dem Rad zur Maritim-Klinik gefahren, wollte sich dort mit Rika treffen, das wusste er. Und nun war sie tot. Das Blubbern der Soße ließ nach, wie erstarrt lag die rote Masse im Topf; die Blasen hatten Krater in der sämigen Oberfläche hinterlassen, die wie Wunden aussahen. Jasper starrte darauf, er konnte seinen Blick nicht davon lösen, dachte an Leefke und versuchte sich vorzustellen, wie ihr Körper zart und zerbrochen auf der Erde gelegen haben musste. Und das Einzige, was er zu fühlen imstande war, war Schmerz.

«Sie wollte dich sprechen. Sie wollte dich zu mir bringen, weil sie sagte, du hättest mir etwas zu sagen.» Fast mechanisch leierte er die Worte herunter. Sie würde schon wissen, was er damit sagen wollte.

Doch Rika blieb stumm. Die Haare waren ihr über das Gesicht gefallen, sodass er ihren Ausdruck nur vermuten konnte. Doch an dem Zucken ihrer Schultern konnte er erkennen, dass sie weinte. Er ließ sie einfach stehen, ging weder tröstend zu ihr, noch verließ er den Raum. Als sie wie blind nach einem Küchentuch griff und sich die Nase putzte, wusste er, dass sie nun reden würde. Er kannte sie doch schon so lange. Und er hatte sie wirklich geliebt, vielleicht nur beiläufig, aber das Gefühl war da gewesen. Das feuchte Schluchzen verebbte.

«Ich hatte doch keine Ahnung. Mein Gott, woher sollte ich wissen, dass sie sich das Leben nehmen würde. Ich habe ihr immer die Wahrheit gesagt, ohne viel zu beschönigen, nie hätte ich gedacht, dass sie es nicht ertragen könnte.»

Jasper kam eine grausame Befürchtung, die sich in ihm ausbreitete wie ein Geschwür, die ihm von einem Moment auf den anderen die Luft zum Atmen nahm: Leefke hatte sich seinetwegen zu Tode gestürzt. Sie musste Rika in irgendeiner Weise bedrängt haben, vielleicht hatte sie ihr von einer unglücklichen Affäre erzählt, die in Wahrheit nie stattgefunden hatte. Von Liebesschwüren seinerseits und den ganz großen Gefühlen. Er wusste, dass Rika ihr in diesem Fall eine kompromisslose Lektion erteilt hätte. War Leefke vielleicht doch kopfloser und kindlicher gewesen, als er sie gesehen hatte? Er dachte an zarte Berührungen und warme Worte zwischen ihnen. Oh, bitte, lass sie nicht an etwas anderes geglaubt haben als an Freundschaft.

Wenn er der Grund für ihren Freitod war, dann könnte er das nicht ertragen.

«Es tut mir so Leid, Jasper, es tut mir so unendlich Leid», sagte Rika. Er war eigentlich schon zu ausgefüllt mit seinen unfassbaren Gedanken, um ihren Worten zu lauschen. Aber irgendwie drangen sie zu ihm durch. Erst leise und wie um tausend Ecken, dann immer klarer.

Warum entschuldigte sie sich? Es passte nicht zu ihr. Wenn sie der unglücklichen Leefke ein paar wahre Worte mit auf den Weg gegeben hatte, dann hätte sie sich nichts vorzuwerfen gehabt. Es musste etwas anderes sein. Etwas, von dem er keine Ahnung hatte.

Und dann kamen ihm die Andeutungen in den Sinn, die zugleich Leefkes letzte Worte an ihn gewesen waren: «Ich kann nicht anders, ich muss dir die Wahrheit sagen. Du wirst mich hassen, du wirst uns alle hassen, weil wir dir nicht vertraut haben und es schon viel eher hätten erzählen müssen, und nicht erst jetzt, wo es viel zu spät ist. Aber es ist so schrecklich, Jasper, so schrecklich, dass ich mich dafür schäme. Und ich brauche Rika, damit du mir das Ganze auch glaubst. Sie weiß nämlich mehr als wir alle, und wenn sie dabei ist, dann wirst du wissen, dass es die Wahrheit ist.»

Die Wahrheit war weit mehr als das, was er wusste, vielleicht sogar mehr, als er nur ahnte.

Er war der Mittelpunkt dieser ganzen Geschichte, und doch hatte er nicht die geringste Ahnung, um was es eigentlich ging.

Wichtig war nur, dass er sich diese Unwissenheit nicht anmerken ließ. Nicht eine Sekunde. Rikas Zusammenbruch war ein Zeichen dafür, dass sie sich aus welchem Grund auch immer von ihm entlarvt, überführt fühlte. Und er wollte sie in dem Glauben lassen. Sie sollte leiden, sie sollte sich am Ende angekommen wissen. Denn egal, was geschehen war, es musste etwas Schreckliches sein. Und Rika war nicht außen vor, war nicht unschuldige Mitwisserin. Er betrachtete ihre kauernde, niedergeschlagene Gestalt und wusste, sie war Täterin.

Der inzwischen kalte Topf in seiner Hand war unbemerkt zur Seite gekippt. Es störte ihn nicht, dass die Tomatensoße lauwarm auf den Küchenboden tropfte und sich dort träge in den Fugen der Fliesen zu einem tiefroten Fleck ausbreitete. Wortlos ließ er den silbernen Topf fallen, das Metall knallte herunter, Rika schrie leise.

Jasper ließ sie schreien, er verließ die Küche, das Haus. Setzte sich auf das Fahrrad und verließ Rika.

Glasklare dicke Tropfen lösten sich aus den schweren Wolken über ihm. Sie tauchten die staubgraue Straße in Sekundenschnelle in glänzendes Anthrazit und verbreiteten den angenehmen Geruch von Regen, auf den man lange gewartet hatte.

25. Asthmaanfall. Im Krankenhaus. Wirklich nichts Außergewöhnliches, Alide Konstantin litt schon ihr Leben lang darunter. Damals gab es diesen Ärger in der Familie, haben Sie davon gehört? Herauszufinden, dass die eigenen Söhne einen jahrelang betrogen und das Vertrauen missbraucht haben, das kann einem wirklich aufs Gemüt schlagen. Und Asthma bronchiale hat sehr viel mit der Psyche zu tun.»

Der Klinikchef war Profi durch und durch, hatte in Windeseile die nötigen Krankenblätter und den Totenschein in seinem Büro zusammengetragen. Nur – was Sanders von ihm zu hören bekam, entsprach absolut nicht dem, was er sich erhofft hatte. Britzke hatte ungewöhnlich schnell die nötigen Daten über die Erbangelegenheiten der Familie Konstantin in Erfahrung bringen können, und ein ungeklärter, plötzlicher Tod der alten Dame hätte nur zu gut dazu gepasst. Vor allem nach dieser Auseinandersetzung.

«Stirbt man denn heutzutage noch an Asthma?»

«Sie haben Recht, eigentlich kann man inzwischen sehr gut damit leben. Doch Alide Konstantin war alles andere als schlank, und Übergewicht ist ein hoher Risikofaktor, weil jede Bewegung enorme Anstrengung bedeutet und die Atemnot verschlimmert.»

Meint Britzke schien sich neben Sanders schon erheben zu wollen. Vielleicht hatte er Recht und sie verfolgten die falsche Fährte.

«Professor, eine Frage noch, und ich bitte Sie, sich die Antwort genau zu überlegen: Könnte der Tod von Alide Konstantin ein Tötungsdelikt gewesen sein?»

Die Augenbrauen des Arztes zogen sich zusammen, er blätterte die Akte auf dem Schreibtisch sorgsam durch und schien die Seiten erneut gewissenhaft zu studieren. Dann lehnte er sich zurück, nahm die Lesebrille ab und räusperte sich. «Die Patientin ist mit einer akuten Bronchitis eine knappe Woche zuvor eingeliefert worden. Es ging ihr wirklich schlecht, und diesen Zustand möchte ich ausschließlich auf das nasskalte Inselwetter im Januar zurückführen.»

Sanders beugte seinen Oberkörper vor und ließ den Mann gegenüber nicht aus den Augen. «Aber?»

«Aber den Anfall im Krankenhaus, den kann so einiges ausgelöst haben. Wenn man einen Asthmatiker mit ohnehin schlechtem Gesundheitszustand einem Allergen aussetzt, dann könnte dies solch weitreichende Folgen haben. Frau Konstantin war laut meinen Unterlagen gegen einiges stark allergisch, vor allem gegen Hausstaub und … einen Moment mal … Katzenhaare. Unser Personal muss selbstverständlich akribisch darauf achten, dass die Räumlichkeiten sauber und frei von Reizstoffen sind. Wenn es aber jemand darauf angelegt haben sollte …»

«… dann könnte er beispielsweise Katzenhaare eingeschleust haben!», ergänzte Sanders.

Der Arzt nickte. «Dennoch hätte die Patientin in einem solchen Fall die diensthabende Schwester gerufen oder zur ersten Hilfe das Inhaliergerät genommen. Beides ist in dieser Nacht nicht geschehen. Wir sind davon ausgegangen, dass Frau Konstantin von der Atemnot so plötzlich und heftig übermannt wurde, dass sie nicht mehr in der Lage war, sich zu rühren.»

«Was ja auch wieder gegen die Theorie von den absichtlich verabreichten Allergenen spricht», warf Britzke ein. «Dann hätte sich ihr Zustand doch wohl eher allmählich verschlechtert. Und dann hätte sie noch Hilfe rufen können.»

Sanders wollte fast aufgeben, es erschien ihm zu weit hergeholt, viel zu phantastisch für einen Mord an einer kranken alten Frau. Doch dann fiel ihm die Katze ein, die silbergraue Katze, die ihnen gestern im Wohnzimmer der Konstantins so aufdringlich um die Beine gestrichen war. Sie hatte feines, nahezu unsichtbares Haar gehabt. «Wer hatte in dieser Zeit Dienst auf der Station?», fragte er.

Wieder blätterte der Arzt ein wenig umständlich in der Mappe. «Frau Haberkamp hatte Nachtschicht. Sie ist eine unserer gewissenhaftesten und zuverlässigsten Pflegerinnen. Schon deswegen habe ich mir nie Gedanken gemacht, dass es beim Tod von Alide Konstantin nicht mit rechten Dingen zugegangen sein könnte. Aber fragen Sie sie am besten selbst.» Er drückte auf eine Taste am Telefon, die ihn mit dem Sekretariat verband. «Entschuldigen Sie, können Sie mir sagen, ob Schwester Rika noch in der Klinik ist?»

26. **Sturmwarnung** *Wer war die Frau auf der Promenade, und vor allem: Was hast du ihr erzählt? Halt die Klappe, Pinki! Letzte Warnung!!*

Es hatte so gut getan, mit Wencke zu reden. Auch als es zu regnen begonnen hatte, waren sie auf der Bank sitzen geblieben und sie hatte zugehört. Nicht nachgehakt, nichts infrage gestellt, einfach nur zugehört. Pinki konnte sich nicht daran erinnern, jemals so viel von sich preisgegeben zu haben. Man merkte, dass sie Jaspers Schwester war, und doch war sie irgendwie ganz anders. Vielleicht, weil sie eine Frau war?

Klitschnass und unendlich erleichtert war sie nach Hause gerannt. Ihr Kopf war so wunderbar frei gewesen. Doch an der Zimmertür klebte dieser Brief, ebenfalls nass. Der Gedanke, dass jemand sie beobachtete, sie verfolgte, machte alles zunichte. Letzte Warnung …

Es war zu spät für Drohungen, sie hatte Wencke bereits alles über den Mord an Alide Konstantin erzählt. Auch, dass sie es vorher geahnt hatten, dass sie es hätten verhindern können. Vielleicht.

Oma Alide hatte Angst gehabt. Sie hatte noch nicht einmal versucht, es vor ihnen zu verbergen. Im Gegenteil, sie hatte Leefke um Hilfe gebeten. «Halt bitte die Augen offen, Kleines», soll sie zu ihr gesagt haben. «Ich werde mein Testament nicht so einfach ändern können. Er wird es zu verhindern wissen.»

Deswegen hatten sie Oma Alide auch sofort ins Krankenhaus bringen lassen, als es ihr nicht so gut ging. Sie hatten sie bewacht, ständig war jemand bei ihr im Zimmer gewesen, außer nachts natürlich. Manchmal musste man sie alle am Ende der Besuchszeit rausschmeißen, sonst wären sie geblieben. Veit

Konstantin und seine verlogene Bande, die hatten sie nicht auf fünf Meter an Oma Alide herangelassen.

So oft hatte Oma Alide sich schützend vor sie gestellt, wenn die Clique beschimpft oder fortgeschickt wurde. Nun bildeten sie einen Schutzwall rund um das Krankenbett.

Der Anwalt sollte am nächsten Tag kommen. Er musste kommen, erst dann wäre die Gefahr gebannt gewesen. Die Unterschrift auf einem Testament war unumstößlich, und jeder konnte verstehen, warum Oma Alide ihre beiden Söhne enterben wollte. Jeder außer Veit Konstantin selbst. Und er versuchte es immer wieder. Schickte Blumen und Drohungen, bat um Entschuldigung und schimpfte im Krankenhausflur. Er hatte keine Chance, er kam nicht an ihnen vorbei. Das Einzige, was er ihr reichen durfte, war diese Strickjacke, nach der sie verlangt hatte, weil sie nachts so fror. Ihre graue, warme Strickjacke, die er zur Reinigung gebracht hatte. Sonst gab es nicht eine Möglichkeit für ihn, zu seiner Mutter vorzudringen. Denn sie, die Clique von der Waldkirche, sie waren jetzt ihre nächsten Angehörigen.

Außer nachts.

Sie hatten versagt. Hatten es nicht geschafft, sie zu beschützen. Die Vorwürfe, die sie sich machten, waren bedrückend gewesen. Doch damals hatten sie ja auch noch nichts von dem geahnt, was sie inzwischen nach und nach herausgefunden hatten.

In der letzten Nacht zog sich Oma Alide die Strickjacke über, legte sich hin und schlief ein. Warm und kuschelig, wie es auch für Konstantins Katze die letzten Nächte auf der Strickjacke gewesen sein musste. War sie vielleicht noch erwacht, als sie merkte, dass ihr die Luft wegblieb? Hatte sie das Spraydöschen verzweifelt in den Händen gehalten, das die Nachtschwester gegen ein vollkommen leeres ausgetauscht hatte? Hatte sie ihre

Finger krampfhaft um die Notklingel gekrallt, ohne dass Hilfe kam?

Pinki hatte sich diese schrecklichen letzten Minuten schon so oft ausgemalt. Es nahm ihr ebenfalls den Atem, wenn sie an die Qualen dachte und an die liebevolle Frau, die daran zugrunde gegangen war. Ganz allein. Ohne die Menschen, die sie liebten. Ohne ihre Familie. Ohne die Kids von der Waldkirche.

Ein dummer Zufall hatte sie zu dieser unerträglichen Wahrheit geführt.

Leefke hatte die Kleidungsstücke der Großmutter sortiert, eigentlich nur um zu sehen, ob sie nicht doch etwas dieser viel zu großen, aber so vertrauten Erinnerungsstücke aufheben wollte. Auch die Sachen aus dem Krankenhaus, sie waren in einer extra Tasche. Da fiel ihr diese Strickjacke in die Hände. Katzenhaare. Alles voller Katzenhaare. Und ein leeres Inhaliergerät. Warum lag es dazwischen? Im Krankenhaus wurden verbrauchte Medikamente fachgerecht entsorgt.

Ein Verdacht hatte sich bestätigt. Und allen war auch bald klar gewesen, dass Rika in diese Sache verwickelt war. Linke Fragen im rechten Augenblick hatten sie so oft ins Stottern gebracht. Doch verplappert hatte sie sich nie. Es war allen ein Rätsel, wieso sie ein solches Spiel spielte, warum sie Oma Alide mit voller Absicht in ihrem Krankenzimmer verrecken ließ. Sie hatte doch einen so großartigen Mann an ihrer Seite. Es passte nicht.

Und doch hatten sie geschwiegen. Zuerst, weil sie sich nicht sicher gewesen waren und erbärmliche Angst vor den Erwachsenen hatten. Und dann hatte sich die Schraube des Schweigens immer enger zugedreht, bis sie selbst so tief drin steckten, dass sie sich alle ein Stück weit schuldig gemacht hatten. Bis es nicht mehr ging. Bis man nur noch die Klappe halten konnte, wenn man nicht alle anderen mit hineinreißen wollte.

Nur Leefke war daran zerbrochen. Vielleicht war es ihre Liebe zu Jasper, der so unwürdig hintergangen wurde, oder die Testamentseröffnung letzte Woche, bei der sie nur als Besitzerin eines Drittels und ihr Onkel auf Lebenszeit als Verwalter benannt wurde. Sie hatte es einfach nicht mehr ausgehalten. Sie war so weit. Und sie war bereit, alle anderen mit in die Scheiße zu reiten.

Und dann war sie tot.

Und nun hatte Pinki selbst alles verraten. Wencke Tydmers hatte ihr die Wahrheit entlockt, die sie so sicher in ihrem Innersten verborgen geglaubt hatte.

Sie hatte aufgegeben.

Das gute Gefühl, mit dem sie das Haus betreten hatte, war nun fort. Alles war taub. Ihre Gedanken, ihr Gewissen, ihr Leben.

Sie blieb so nass, wie sie war. Niemand bemerkte sie im Treppenhaus und ermahnte sie, sich etwas Trockenes anzuziehen. Alles war egal.

Die Maritim-Klinik lag nur um die Ecke.

27.

Remmer musste scharf bremsen. Fast hätte er das Mädchen auf der Kühlerhaube gehabt. Er war heute sowieso nicht mit den Gedanken im Taxi. Nicht nach den Schüssen im Vogelschutzgebiet. Und nicht nach dem, was er daraufhin erfahren musste. Er war mit seinen Gedanken meilenweit von der Straßenverkehrsordnung entfernt, denn in seinem Kopf war nur Platz für Rika.

Der Regen prasselte laut, fast aggressiv auf die Windschutzscheibe, und obwohl die Scheibenwischer ihr Bestes gaben, hätte er die kleine, hastende Gestalt fast übersehen, die ohne einen Blick nach links oder rechts die Fahrbahn überquerte. Er blieb stehen und sah, wie die Person im dichten Regen verschwand. Es war diese Rosa Grendel, Pinki, eine Freundin der armen Leefke Konstantin. Er konnte verstehen, dass das Mädchen kopflos und halb nackt durch den Sturm rannte. Sie musste sich so ähnlich fühlen wie er.

Verloren. Ausgeliefert. Desillusioniert.

Wencke hatte Recht gehabt. Rika, seine umschwärmte, warme Rika, gab es nicht. Die Frau, die er bislang dafür gehalten hatte, war eiskalt und nicht eine Sekunde lang ein zärtliches Gefühl wert.

Er hatte sie in der Klinik durch die Scheibe zur Unfallstation beobachtet, so wie er es immer und immer wieder getan hatte. Heimlich und mit Herzklopfen. Sorgsam und routiniert hatte sie Wencke die Wunde verarztet, ohne sich ihren weißen Kittel zu beschmutzen.

Als Wencke dann ihre Angaben über den Tathergang zu Protokoll geben musste, verließ Rika das Zimmer. Still folgte er ihr fast bis auf die Terrasse, wo sie sich eine Zigarette anzündete und jemanden mit ihrem Handy anrief.

«Keine Sorge, Schatz, ist nur eine oberflächliche Wunde. Du solltest deinem Bruder und seinem Kumpel aber mal ausrichten, dass sie ihr Ziel noch nie so gut erreicht haben wie heute, wo sie doch eigentlich danebenschießen sollten …» Sie lachte.

Telefonierte sie mit Jasper? Angeblich wusste doch niemand, wo er steckte. Und einen Bruder hatte er auch nicht, noch weniger ein Motiv, seine Schwester beschießen zu lassen.

Remmer hielt den Atem an und lauschte.

«… so weit ich weiß, nicht. Sie hat etwas von einer schwarzen Gestalt gefaselt, es hörte sich ziemlich verworren an. Mach dir mal keine Sorgen. Und die Polizei? … Hast du nichts gefunden im Haus? … Na ja, gut, ich mach mich dann auf den Weg nach Hause. Feierabend! Sehen wir uns noch? … Ach so, ist klar. Beerdigungsstress. Macht nichts. Bald haben wir es ja geschafft. Bin ich froh, wenn ich hier weg bin … Dito!»

Sie beendete das Gespräch und legte das Handy auf die Fensterbank. Dann zog sie heftig an ihrer Zigarette, und Remmer konnte sehen, dass sie dabei lächelte.

«Schwester Rika, kommen Sie bitte? Wir brauchen Sie auf Zimmer neun», rief eine ungeduldige Männerstimme von drinnen.

«Hab schon Feierabend», gab sie zurück.

Ein Arzt eilte mit hastigen Schritten zu ihr hinaus. «Hören Sie auf zu rauchen und kommen Sie mit. In drei Minuten ist es geschafft. Nur 'ne Infusion. Also hopp!»

Als der Mann im weißen Kittel ihr den Rücken zuwandte, rollte sie die Augen und folgte ihm widerwillig. Remmer war es gelungen, sich schnell und unbemerkt in eine Nische zu drücken, und als sie im Krankenzimmer verschwunden war, schnellte er heraus, lief auf die Terrasse und griff sich das Handy.

Es war ihm bereits klar, dass sie nicht mit Jasper telefoniert hatte. Er drückte auf Wahlwiederholung. Auf dem Display erschien nur eine Nummer und der Buchstabe V. Er wählte, er wartete. Kurz nach dem Freizeichen ertönte eine sonore Männerstimme am anderen Ende der Leitung. «Was gibt's denn noch?», fragte V.

«Wer ist denn da?», fragte Remmer.

«Konstantin», lautete die Antwort. Remmer legte auf. Zugegeben, eigentlich hätte er auf dem Absatz kehrtmachen und dieses neu erworbene Wissen mit der Polizei teilen müssen. In jedem Fall hätte Wencke erfahren sollen, wer auf sie geschossen hatte. Doch der Schock saß tief. Fast mechanisch war er mit Wencke in die Eingangshalle gegangen, hatte Kaffee geholt, hatte Rika beobachtet, war mit den Polizeibeamten zu dem Ort gefahren, wo es passiert war, hatte die Geschosse gesucht, hatte Mittag gegessen, hatte sich in sein Taxi gesetzt, war losgefahren.

Und nun war er noch immer unfähig, seinen Wagen wieder in Gang zu bringen. Er stand mitten auf der Jann-Berghaus-Straße, hörte, wie der Regen auf das Wagendach prasselte, und wartete. Worauf? Auf eine Eingebung? Oder darauf, dass der Stachel der bitteren Enttäuschung aufhörte, in seiner offenen Wunde zu stochern?

Er stellte die Warnblinkanlage an. In das gleichmäßige Klicken gesellte sich das erste, bassige Grummeln des aufkommenden Gewitters. Noch Meilen entfernt, aber gewaltig und ein wenig Furcht einflößend. Er ließ seinen Kopf auf das Lenkrad fallen.

Die Wagentür öffnete sich, er spürte den Regen zur Seite hereinwehen. «Dürfen wir einsteigen?», nahm er die schneidende Stimme einer Frau wahr.

«Ich warte auf einen Fahrgast», sagte er, ohne den Kopf zu heben.

«Junger Mann, einen Heiermann extra, und Sie fahren uns bitte zum Hafen?»

Nun blickte er auf, sah eine fremde, faltige Touristin, die bereits ihr Portemonnaie gezückt hatte. Energisch griff er über den Beifahrersitz, bekam den Türgriff zu packen und zog daran. Die Frau sprang mit erschrockenem Gesicht zurück, stieß eine Beschimpfung aus, doch als die Tür zugefallen war, konnte er nur noch ihre runzligen Lippen auf- und zuklappen sehen. Er verriegelte die Wagentür. Er wollte seine Ruhe.

Hinter ihm hupte ein Lieferwagen, es kümmerte ihn nicht.

28. Wencke war auf der Insel. Sie musste hier irgendwo sein. Wo könnte sie sich aufhalten, bei diesem Wetter und in dieser Situation?

Das Wasser spritzte im hohen Bogen zur Seite, als Jasper mit dem Fahrrad die nasse Straße entlangraste. Tropfen aus Schweiß und Regen brannten in seinen Augen, er konnte die Lider kaum geöffnet halten, doch er musste Wencke finden. Seine Schwester. Sie war die Einzige, die ihm vielleicht etwas von dem erzählen konnte, was in den letzten Tagen auf dieser Insel und in seinem Leben schief gelaufen war, ohne dass er etwas davon mitbekommen hatte.

Was würde sie tun? Wo würde sie anfangen? Vielleicht dachte sie, dass er verletzt war, machte sich Sorgen um ihn, seine kleine Schwester. Oder schlimmer noch: Sie misstraute ihm, glaubte dem Gerede der anderen und hielt ihn, Jasper, für einen Kindesverführer. Vielleicht war er es sogar. Er hatte Leefke nie auch nur eine zweideutige Geste zukommen lassen, doch vielleicht hatte er sie trotz allem verführt. Sie und die anderen Kinder von der Waldkirche. Er hatte sie zur Ruhestörung verführt. Zum Aufschreien und Gegenreden. Ja, das hatte er getan. Und vielleicht war er aus diesem Grunde wirklich schuldig.

Ohne sich dessen richtig bewusst zu sein, lenkte er sein Rad durch die Absperrung, übersah das «Fahrradfahren verboten!»-Schild und hatte endlich ein Dach über dem Kopf. Ein Dach aus Blättern. Einen Ort der Ruhe mitten im Sturm. Er fuhr den Wall hinunter. Die Waldkirche hatte ihre treue Gemeinde vor dem Unwetter beschützt.

Sie waren fast alle da. Wilko und Philip, Jens und Swantje, nur Pinki war nicht dabei. Und die Frau, die ihm den Rücken zugekehrt hatte, die hatte er gesucht.

«Hallo Wencke», sagte er.

Sie schnellte herum, blickte ihn an, doch sie stand nicht auf, umarmte ihn nicht. Das hatte sie noch nie getan. Es war ein gutes Zeichen, dass sie sitzen blieb. Es war ein Zeichen dafür, dass sie ihn nicht für schuldig hielt.

«Mein Gott», sagte sie nur.

«Verdammt nochmal, wo bist du gewesen? Wir haben dich echt gebraucht, Brombeerpirat.» Jens hatte sich erhoben, doch nicht, um ihn freundschaftlich zu begrüßen, sondern eher mit Wut und Misstrauen im Blick. Der Wut und dem Misstrauen, die er selbst ihnen beigebracht hatte.

«Bitte glaubt mir, wenn ich es gekonnt hätte, dann wäre ich hundertprozentig bei euch gewesen.»

Er sah sie an. Jeden Einzelnen. Und in diesem Moment wurde ihm erst richtig bewusst, dass Leefke nicht mehr dabei war. Nie mehr dabei sein würde. Er ließ das Rad fallen, es klatschte auf den Boden, der gerade begann, sich im Regen aufzulösen. Harte, vertrocknete Walderde schwamm in kantigen Krusten auf der Pfütze.

Es kostete Jasper viel Kraft, sich neben die anderen auf die Holzbank zu setzen. Er hatte für einen kurzen Moment Angst, sie würden ihn wieder fortschicken.

Doch dann schob sich Wenckes Hand in seine, und er wusste, dass er am richtigen Ort angekommen war. Bei seiner Familie.

«Ich bin froh, dass Pinki mir die ganze Geschichte erzählt hat. Versteht ihr nicht? Irgendjemand musste das Schweigen brechen. Ihr solltet ihr dankbar sein, dass sie die Erste war.» Betretenes Schweigen war die Antwort auf Wenckes Worte.

Sie schienen etwas zu besprechen zu haben. Etwas, das mit dem Dilemma der letzten Tage zu tun hatte und von dem er als Allerletzter eine Ahnung hatte. Also schwieg auch er, die konzentrierten Gesichter der Kinder im Auge.

«Wir hatten aber abgemacht, dass keiner ein Wort sagt», entgegnete Wilko. «Niemand hat das Recht dazu, eine solche Abmachung zu brechen, wenn es allen anderen schaden wird.»

«O nein», erwiderte Wencke streng, «wenn die Abmachung allen vernünftigen und auch rechtmäßigen Regeln widerspricht, dann ist es eine Straftat. Zu einer Straftat sollte man aber niemanden verdonnern. Dies geht eine Spur zu weit, was euren Zusammenhalt angeht.»

Jasper hörte seine Schwester reden, verstand nichts von dem, was sie sagte, und war doch unendlich dankbar, dass sie seine Aufgabe hier in der Waldkirche übernommen hatte.

«Was sollen wir jetzt tun?», fragte Swantje mit ängstlichem Blick.

Wencke antwortete nicht. Sie blickte nur in die Runde.

«Vielleicht zur Polizei gehen?», fragte Swantje leise.

«Aber nicht ohne Pinki», rief Philip dazwischen.

Dann schwiegen sie erneut. Wilko und Jens flüsterten miteinander.

«Es gibt noch ein Problem», sagte Jens schließlich, nachdem er sich ausgiebig geräuspert hatte.

«Ja?», fragte Wencke.

Jens zögerte. «Wir haben Pinki diese Briefe geschrieben.»

«Ihr habt was?», rief Swantje ungläubig aus.

«Briefe?», fragte Wencke. «Bisher weiß ich nur von einem!»

Wilko schob mit seinen klobigen Stiefeln einen am Boden liegenden Ast hin und her. «Der von heute Morgen war der Erste.»

«Um Gottes willen, wann habt ihr Pinki einen zweiten geschickt, und viel wichtiger: Was stand darin?»

«Wir haben Pinki beobachtet, wie sie mit Ihnen auf der Promenade so lange gesprochen hat, und da hatten wir Schiss. Als es dann anfing zu regnen, sind wir abgehauen und haben den Brief bei ihr an die Tür gehängt.»

«Ja, und was stand nun drin?»

Jens konnte nicht verbergen, wie sehr er sich schämte. «So was wie: letzte Warnung …»

Wencke schlug sich die Hände vor das Gesicht. «Ihr müsst nach ihr sehen. Ihr müsst ihr sagen, dass der Brief von euch kommt. Könnt ihr euch nicht vorstellen, welche Angst ihr Pinki damit macht? Sie wird denken, dass der Absender dieselbe Person ist, die auch Leefke und Alide Konstantin auf dem Gewissen hat. Sie wird Todesangst haben, versteht ihr? Todesangst!»

In diesem Moment zuckte ein gleißend helles Licht durch die dichten Blätter, kurz darauf bebte ein mächtiges Donnergrollen. Jetzt ging es los.

Alle sprangen auf. Panik. Jasper wurde davon ergriffen, auch wenn er nicht wirklich wusste, um was es ging.

«Ihr geht jetzt alle, und bitte versteht mich richtig, *alle* zu Pinki und bittet sie um Entschuldigung. Und dann möchte ich euch auf der Polizeiwache sehen. Ich werde mit Jasper dort sein und warten. Doch die Aussage müsst *ihr* machen. Jeder von euch. Das ist Zusammenhalt, versteht ihr? Das seid ihr Leefke schuldig. Und jetzt los!»

Nun war kein Zögern mehr auszumachen, kein Wenn und Aber. Philip und Swantje nahmen Jaspers Rad, Wilko und Jens liefen neben ihnen her. Verzweifeltes Fluchen und aggressive Vorwürfe verschwanden mit ihnen. Dann war es still.

Jasper stand neben seiner Schwester. Er hatte Wencke seit Jahren nicht mehr richtig angesehen. Und er hatte noch nie richtig mit ihr gesprochen. Er wusste, sie würden nun reden. Und er wusste auch, dass es nicht schön sein würde, was er nun zu hören bekäme. Er war froh, dass Wencke der Mensch war, der ihm die Unwissenheit nahm.

«Ich hab dir ein Lied geschrieben», sagte er nur.

«So?» Sie lächelte. Tatsächlich hatte seine kleine Schwester schon ein paar winzige Falten um den Mund herum.

«Jasper, ich muss dir etwas erzählen.»

Er nickte. Sie verließen das schützende Blätterdach und liefen langsam dem Gewitter entgegen.

29. **Gewittersturm** Noch vor zehn Minuten hatten Sanders und Britzke allein in dem Zimmer gesessen, das für die Ermittlungen im Fall Konstantin reserviert worden war. Allein mit ihren Papierbergen und der schlechten Laune, die sich im Laufe des ereignislosen Nachmittags bei ihnen eingeschlichen hatte.

Nun, so ganz ereignislos nicht. Die Kollegen von der Gerichtsmedizin hatten angerufen und ihnen mitgeteilt, dass an der Leiche keine Spuren von Gewaltanwendung gefunden worden waren.

Die entdeckten Patronenhülsen in den Dünen stammten von einem in Deutschland nicht verkäuflichen, nahezu unbekannten Jagdgewehr, an dem allem Anschein nach auch noch manipuliert worden war. Jedenfalls hatten die Geschosse eine eigenartige Form, was auf einen verkürzten Gewehrlauf hindeutete. Doch die Ballistiker hatten ihre Diagnose nur aufgrund eines per E-Mail verschickten Fotos gemacht. Und das reichte im Prinzip für nichts, schon gar nicht für einen Durchsuchungsbefehl im Hause Konstantin, auf den man ohnehin einige Tage warten musste, wenn nicht Gefahr im Verzuge war. Eine zweite Patronenart hatte man bislang noch nicht gefunden. Die sintflutartigen Regenfälle erschwerten die Suche danach. Wenn es sie überhaupt gab.

Und Britzke hatte einen Termin mit dieser Krankenschwester vereinbart. Mit Interesse hatten sie festgestellt, dass sie dieselbe Adresse wie Jasper Tydmers hatte. Ein bisschen zu zufällig, das Ganze, es schien ein viel versprechendes Verhör zu werden. Doch Rika Haberkamp war allem Anschein nach nicht gerade die personifizierte Pünktlichkeit, sie sollte schon vor dreißig Minuten zum Verhör erschienen sein.

Als es an der Tür klopfte, rechnete Sanders fest mit der Frau.

Doch es war nur der Taxifahrer, der heute Morgen mit Wencke im Naturschutzgebiet diesen lebensgefährlichen Spaziergang unternommen hatte. Er war gestern schon einmal hier gewesen und hatte ganz besonders wichtig getan, dabei hatte er der Kollegin Lütten-Rass lediglich erzählt, dass Leefke Konstantin gestern Abend hinten in den Dünen bei irgendeinem Bunker gewesen war. Wahrscheinlich war er einer von denen, die sich krampfhaft an allem beteiligen mussten.

Er setzte sich schlaff auf den Besucherstuhl und stammelte unverständlich vor sich hin. Angeblich hatte er irgendein Telefongespräch mit angehört. Auch der Name Rika Haberkamp fiel, und Sanders unterbrach den chaotischen Redefluss.

«Die Krankenschwester wird gleich hier sein, wir hatten sie um eine Aussage gebeten.»

Fast im selben Moment öffnete sich wieder die Tür, diesmal war es Wencke Tydmers, nass wie ein Fisch und mit diesem aufgewühlten Blick in den Augen, den Sanders nur allzu gut kannte und einzuschätzen wusste: Sie hatte etwas in petto, sie sprudelte innerlich fast über. Sie war ganz dicht vor dem Ziel, doch sie sagte kein Wort. Dicht hinter ihr stand ein Mann, nicht groß und ziemlich ungepflegt, als hätte er die letzten Nächte auf einer Parkbank genächtigt. Eindeutig ihr Bruder. Dieser Brombeerpirat. Jasper Tydmers.

Auf den ersten Blick, das musste Sanders zugeben, obwohl es eigentlich nicht seine Art war, auf den ersten Blick sah er wirklich aus wie ein Kindesverführer, ein Möchtegernrevoluzzer, ein Rattenfänger von Norderney. Seine Augen waren ein bisschen zu neugierig für sein Alter, die Haare eindeutig zu lang, über die Bekleidung wollte sich Sanders gar nicht erst auslassen. Hätte er eine Tochter gehabt, er hätte diesen Mann ebenfalls mit Argusaugen beobachtet.

Der Taxifahrer sprang auf. Blicke zielten durch den Raum, die beiden Männer gaben sich nach kurzem Zögern die Hand, dann fielen sie sich freundschaftlich in die Arme.

«Tut mir Leid, Jasper, tut mir unendlich Leid», wiederholte der Taxifahrer immer und immer wieder.

Sanders hätte nur zu gern gewusst, was ihm so unendlich Leid tat. So langsam bekam er das Gefühl, dass alle hier in diesem Büro wussten, was vor sich ging, nur er und Britzke standen als ermittelnde Polizeibeamte ganz schön weit im Abseits.

«Herr Tydmers, mein Name ist Axel Sanders, ich bin zuständig im Fall Leefke Konstantin. Wir sind froh, Sie endlich persönlich kennen zu lernen, da uns von mehreren Seiten bereits angedeutet wurde, dass Sie in diesem tragischen Fall eine Rolle spielen könnten.»

«Sanders, ich bitte Sie», fiel ihm Wencke Tydmers ins Wort.

«Ist schon gut», sagte ihr Bruder und legte beruhigend und freundschaftlich seine Hand auf ihre Schulter. «Wir sind doch schließlich hier, um deinen Kollegen alles zu erzählen, was sie wissen müssen.»

«Soso», sagte Sanders und wies den beiden einen Platz auf dem Ledersofa zu. Sie blieben stehen.

«Mein Bruder hatte insofern nichts mit dem Tod von Leefke Konstantin zu tun, als er von ihr am betreffenden Abend so gegen halb zehn in einem Kellerraum des Hauses in den Dünen eingeschlossen wurde.»

«Sie haben sich von einem minderjährigen Mädchen einschließen lassen? Aus welchem Grund?»

Wieder antwortete Wencke Tydmers für ihn. «Er hat sie dort getroffen, als er auf dem Weg zur Musikprobe war. Sie hat ihn unter einem Vorwand in das Haus gelockt. Er hatte keine Ahnung, dass sie die Tür verschlossen hatte, und als er es bemerkte, dachte er, sie hätte vielleicht eine Überraschungsparty für ihn geplant.»

Sanders bemühte sich, seine Augenbrauen noch höher zu ziehen, als er es ohnehin bei Skepsis zu tun pflegte. «Aha.»

Wencke Tydmers funkelte ihn wütend an. «Herr Kollege, wir sind eigentlich hier, um Sie um Mithilfe zu bitten. Wir können unser Wissen mit dem Ihren zusammentun, denn ich kann mir gut vorstellen, dass wir so alle ein ganzes Stück weiterkommen. Also lassen Sie bitte dieses … dieses …»

«Ja?», fragte er scheinheilig nach und hoffte insgeheim, dass sie sich im Ton vergreifen könnte. Sie hatte ihre Emotionen nicht im Griff, er zwar auch nicht, doch das hatte nichts mit dem Fall, sondern eher mit ihren funkelnden Augen zu tun. Kleiner Zweikampf, meine Liebe, mal sehen, wer hier die besseren Nerven hat.

«… diese blöde …»

Gleich hatte er sie so weit. Sie fuhr aus der Haut.

«… diese blöde Zweikampfgeschichte, wer wohl die besseren Nerven von uns beiden hat.»

Er zuckte innerlich zurück wie ein Hund, dem man auf den Schwanz getreten hatte. Sie hatte ihn ertappt, er konnte nur hoffen, dass sie seine Niederlage nicht bemerkte.

«Es geht um einen Mord. Todsicher ein Mord, aber nicht an Leefke Konstantin, sondern an …»

«… Alide Konstantin im Januar diesen Jahres!», ergänzte er und gewann damit wieder die Oberhand. Sie sah ihn erstaunt an. «Es ist ja nicht so, dass wir uns in diese Richtung keine Gedanken gemacht hätten, nicht wahr, Kollege Britzke?»

Der nickte und bemühte sich sichtlich, möglichst unbeteiligt zu wirken.

Sanders hatte natürlich nicht die leiseste Ahnung, wie dieses Tötungsdelikt vonstatten gegangen sein mochte, doch das konnte er vielleicht hinter seinem strengen, ernsten Blick verbergen.

«Veit Konstantin hatte verstanden, dass er bei seiner Mutter unwiederbringlich in Ungnade gefallen war, er hatte also berechtigte Sorge um das Familienerbe», referierte Sanders. Sie sollte sehen, dass auch er eins und eins zusammenzählen konnte.

Wencke Tydmers nickte. «Er hat ihr eine Strickjacke für die Nacht bringen lassen. Dieses Kleidungsstück war voller Katzenhaare. Alide Konstantin war hochgradig allergisch gegen Katzenhaare, und das wusste er auch.»

Nun konnte er seine Überraschung nicht länger verbergen. Woher wusste diese Frau solche Details? «Aber sie war doch im Krankenhaus …», sagte er hilflos.

«Ein Komplize hat das medizinische Sprühgerät gegen ein völlig leeres ausgetauscht und zudem die Nachtglocke manipuliert. Alide Konstantin hatte keine Chance. Sie ist in ihrem Krankenbett qualvoll erstickt, denn sie war zu schwach zum Rufen und unfähig, sich aus eigener Kraft im Zimmer zu bewegen.»

Sanders versuchte ein Lachen, das verkrampft ausfiel. «Und wer soll dieser Komplize gewesen sein? Laut Aussage des leitenden Klinikarztes war sie den ganzen Tag von irgendwelchen Jugendlichen umgeben, die niemanden an sie heranließen. Und eine Funktionsstörung der Nachtglocke ist auch nicht festgestellt worden. Wie soll so ein Komplott funktionieren? In einem Krankenhaus mit bestem Ruf?»

Einen Moment lang herrschte Schweigen im kleinen Dienstzimmer, und man hörte nur, wie sich der Regen hart gegen die Fensterscheiben warf.

«Ich weiß es», sagte der Taxifahrer leise. Alle starrten ihn verblüfft an. Niemand schien vermutet zu haben, dass auch er einen Wissensvorsprung in diesem Fall hatte. «O mein Gott, es ist schrecklich, aber ich denke, ich weiß, wer an dieser Tat beteiligt war.»

In diesem Augenblick öffnete sich die Tür. Die Frau, die ohne zu klopfen eintrat, war in Sanders' Augen nahezu vollkommen. Schwarzes Haar und dunkle Augen, feurige Wangen und ein blutrot gefärbter Mund. Sie war wunderschön, vielleicht noch schöner als Wencke, aber er kannte sie nicht. Doch er konnte sich denken, wer sie war. Schade, dachte er.

«Rika!», riefen Jasper und Wencke wie aus einem Munde.

Sie beachtete keinen der beiden. «Wer ist hier bitte Kommissar Sanders? Ich hatte einen Termin.»

Der Taxifahrer schien in sich selbst zu versinken. Sanders ahnte, was das zu bedeuten hatte.

«Frau Rika Haberkamp?»

Sie lächelte ihn an, und Sanders konnte sich kaum ihrer betörenden Art entziehen. Ohne ein Wort zu verlieren, nahm sie ihm gegenüber Platz, schlug die sagenhaft weiblichen Beine übereinander und legte den Kopf schräg, sodass ihre nassen, samtigen Haare schwer über die Schultern fielen.

«Ich habe heute ein Telefongespräch mit angehört», sagte der Taxifahrer, er hatte sich allem Anschein nach wieder gefangen. Er behielt Rika Haberkamp fest im Auge, als er weitersprach. «Sie hat vom Krankenhaus aus angerufen, und ich stand mehr oder weniger zufällig in der Nähe.»

Die Schöne blickte ihn von der Seite an, ihre Mundwinkel zeigten noch immer nach oben, doch Sanders meinte, ein leichtes Zittern ausmachen zu können.

«Sie hat über Wenckes Schussverletzung gesprochen und dass eigentlich daneben geschossen werden sollte. Ich hatte das Gefühl, dass sie mit ihrem Gesprächspartner ein, wie soll ich sagen, intimes Verhältnis hat.»

«Woran haben Sie das gemerkt?», fragte Sanders, um überhaupt irgendetwas zu fragen.

«Sie nannte ihn ‹Schatz› und wollte sich für heute noch mit ihm verabreden.»

Rika Haberkamp lachte glockenhell auf. «Ach Remmer, du kleiner Detektiv. Kann es sein, dass dir da deine eigene Eifersucht einen kleinen Streich gespielt hat? Ich habe mit einer sehr guten Freundin telefoniert. Frauen reden sich oft mit Kosenamen an, wusstest du das nicht?» Sie warf dem Häufchen Elend neben ihr einen amüsierten Blick zu.

«Hast du nicht, Rika», entgegnete Remmer auffallend ruhig.

«Hatte ich auf Mithören geschaltet, oder was?» Sie machte einen Witz aus dieser Situation, doch selbst Sanders hatte das sichere Gefühl, dass dies der letzte Witz für eine sehr lange Zeit sein könnte.

«Du hast dein Handy liegen lassen, weil du auf Zimmer neun eine Infusion legen musstest.»

«Und?», fragte sie.

«Ich habe auf Wahlwiederholung gedrückt.» Alle im Raum hielten den Atem an. «Es meldete sich Veit Konstantin!»

«O nein», entfuhr es Jasper Tydmers. Er war leichenblass, und seine Bartstoppeln wirkten noch schmutziger in seinem Gesicht. «Du warst es?»

Sanders beobachtete, wie Wencke Tydmers ihren Bruder vorsichtshalber am Arm fasste.

«Schatz, so ein Unfug!», sagte Rika in seine Richtung.

Der Taxifahrer räusperte sich. «Ich wollte noch etwas zu Protokoll geben.»

«Du hältst jetzt lieber deine Klappe, Remmer. Überlege mal, ob deine Hirngespinste nicht eher daher rühren, dass du bei mir nicht landen konntest.»

Sanders hätte schwören können, dass sich der Dicke nun

ganz in sein Schneckenhaus zurückziehen würde, doch er hatte sich getäuscht.

«Rika Haberkamp hat sich in der Nacht, als Leefke Konstantin starb, den Rücken verrenkt. Sie behauptet zwar, es wäre erst am darauf folgenden Vormittag passiert, doch ich habe sie am frühen Dienstagmorgen vor Dienstbeginn besucht, um mich nach Jasper zu erkundigen, und da hatte sie bereits offensichtliche Rückenbeschwerden. Ich weiß nicht, ob es was zu bedeuten hat …»

«Schwachsinn!», schrie Rita Haberkamp dazwischen.

«… aber ich habe mir von Anfang an meine Gedanken gemacht.»

«Du hast dir nur Gedanken darum gemacht, wie du mich ins Bett kriegen kannst!»

Sanders wollte dazwischengehen. Er fühlte, dass die Stimmung umzuschlagen drohte wie das Wetter in den letzten Stunden. Und dieser Raum war eindeutig zu eng geworden.

«Wollen Sie bitte ins Nebenzimmer gehen?», sagte er möglichst ruhig und schaute dabei Wencke Tydmers, ihren Bruder und den armen Taxifahrer an, der verzweifelt wie ein Fisch auf dem Trockenen nach Worten schnappte. Sicher hatte Rika Haberkamp mit ihrer Vermutung ins Schwarze getroffen.

Wencke Tydmers warf ihm einen erfreulich vertrauten Blick zu, nickte zustimmend und wollte den Raum verlassen, Meint Britzke musste helfen, ihren Bruder von der Stelle zu bewegen.

«Hast du Leefke vom Dach gestoßen?», schrie Jasper Tydmers.

Rika Haberkamp sprang auf. «Idiot! Habe ich natürlich nicht!»

Fast hatte Wencke Tydmers ihren nahezu rasenden Bruder zur Tür bugsiert, da öffnete sich diese, und ein Schwall aufgeregter Jugendlicher überfüllte augenblicklich den Raum. Sanders meinte, innerhalb von Sekunden ersticken zu müssen, und die Fensterscheiben beschlugen, kaum dass die panischen Chaoten ihre ersten hastigen Atemzüge gemacht hatten.

«Sie ist nicht da. Und der Zettel ist weg!», rief einer.

Sanders konnte nicht erkennen, wer es war. Einige der Jugendlichen waren beinahe so groß wie er, es war unmöglich, in diesem Durcheinander noch den Überblick zu behalten. Er wünschte sich die langweilige, wenn auch etwas hoffnungslose Ruhe herbei, die noch vor wenigen Minuten in diesem Raum geherrscht hatte. Er war sich nur einer Sache sicher, und die machte ihm schwer zu schaffen, doch es ging kein Weg daran vorbei: Axel Sanders musste sich eingestehen, dass er die Kontrolle verloren hatte.

«Raus!», schrie er. «Alle Mann raus!» Sämtliche Köpfe fuhren zu ihm herum, in der plötzlichen Stille fühlte er sich nackt. Doch er konnte nicht anders. «Frau Tydmers, ich möchte Sie bitten, trotz Ihres Urlaubs für einen Augenblick dieses Chaos hier zu übernehmen.»

Sanders war seiner Kollegin äußerst dankbar, dass sie dieser Aufforderung mit einem kurzen Nicken kommentarlos nachkam. Einer nach dem anderen verließ sein Büro, als Letzte ging Wencke, doch sie blieb in der Tür stehen. Auch die Krankenschwester hatte sich erhoben.

«Frau Haberkamp, Sie bleiben bitte bei mir. Ich werde Sie wegen des dringenden Verdachtes der Beihilfe zum Mord an Alide Konstantin festnehmen!»

Wencke Tydmers lächelte ihm zu, dann schloss sie die Tür hinter sich.

30. Sie standen im Regen und sagten kein Wort. Erst als sich Wencke zu ihnen gesellte, schienen sie wieder in der Lage zu sein, sich zu rühren.

Wencke war viel kleiner als alle anderen und sie musste auf den Stufen vor der Tür stehen bleiben, um überhaupt sichtbar zu sein, und doch spürte sie, dass jeder hier vor diesem Haus darauf wartete, dass sie einen Weg wies.

«Habt ihr Pinkis Mutter gefragt, wo sie hingegangen sein könnte?»

Wilko schüttelte verzweifelt den Kopf. «Keiner hat sie kommen oder gehen sehen. Sie muss nach Hause gekommen sein, hat dann den Brief gefunden und ist wahrscheinlich direkt wieder losgegangen.»

«Und wohin? Vielleicht hat sie mich gesucht?», kam es Wencke in den Sinn. Doch es war hoffnungslos. Wo hätte sie denn nach ihr suchen sollen?

«Ich habe sie gesehen!», schaltete sich Remmer ein. «Sie ist mir in der Nähe von ‹Optik Claussen› über den Weg gelaufen, als ich im Taxi die Jann-Berghaus-Straße entlangfuhr. Sie hatte fast gar nichts an, nur eine kurze Hose und so ein leichtes Unterhemd, war klatschnass und lief wie von Sinnen über die Straße. Ich hätte sie fast überfahren.»

«Und in welche Richtung ist sie gelaufen?»

Remmer zuckte die Schultern, er sah so elend aus. «Zum Strand, würde ich sagen!»

Swantje begann heulend gegen Jens' Brust zu trommeln. Sie brachte fast kein Wort heraus. «Wie konntet ihr nur … diese beschissenen Briefe … gerade Pinki!»

Wencke ging zu ihr, zog sie langsam zu sich heran und wollte das zitternde Mädchen beruhigen, doch Jasper hatte von hinten die Arme um sie gelegt und hielt sie behutsam fest, bis sie nicht mehr schrie. Dann schaute er in die Runde. Wencke bemerkte die Blicke der fast erwachsenen Kinder, die sich hoffnungsvoll an ihm festklammerten. Er war ein wunderbarer großer Bruder.

«Pinki ist nicht so, wie sie immer tut. Sie ist nicht so cool und unantastbar. In Wirklichkeit ist sie schrecklich verletzlich. Und da habt ihr mit den Briefen natürlich ganz schön viel mehr bei ihr angerichtet, als euch bewusst war.»

«Scheiße», sagte Philip.

«Es ist aber im Moment ganz egal. Wir müssen alle überlegen, was sie jetzt tun könnte. Wo sie jetzt sein könnte. Versetzt euch in ihre Lage, ihr kennt sie am besten. Stellt euch vor, sie ist rasend vor Angst. Sie weiß nicht, wohin. Sie hat keine Ahnung, an wen sie sich wenden kann, wer ihr hilft. Was tut Pinki in diesem Augenblick?»

Keiner sprach ein Wort. Wencke schaute nach oben, wo sich am Horizont in Sekundenschnelle Blitze vom Himmel nach unten fallen ließen. Sie rieb sich die nackten Oberarme, es war nun kalt geworden, bitter kalt. Der Regen zeichnete seine nassen Spuren auf ihre Haut, der Wind fegte darüber hinweg und hinterließ ein Gefühl, als wären die Tropfen zu Eis gefroren.

Jens begann, hemmungslos zu kichern. Er bog seinen riesigen Jungenkörper fast, so sehr schüttelte ihn dieses hysterische Lachen.

«Hör auf!», fuhr ihn Wilko an.

Doch Jens rieb sich die Tränen aus den Augen, die vom Regen kaum zu unterscheiden waren. «Ich weiß, was sie jetzt tut.» Er musste husten.

Jasper starrte ihn an. «Es ist egal, wie albern es klingt. Sag, was du meinst, es ist wichtig.»

«Was macht Pinki, wenn es richtig hart kommt?»

Die anderen standen hilflos neben ihm.

«Sie setzt sich hin und raucht eine!», brach es aus Jens hervor. «Pinki setzt sich hin und steckt sich mit ihren beschissenen Streichhölzern eine beschissene Zigarette an.»

«Ja, und?», fragte Swantje aggressiv.

«Und dann nimmt sie das abgefackelte Streichholz und ein neues und lost mit sich selbst aus, was sie tun soll.»

Wencke horchte auf. Auch bei ihrer Begegnung hatte Pinki um ihr Schicksal gelost, hatte die Hölzer in der Hand entscheiden lassen, ob sie ihr die Geschichte erzählen sollte oder nicht.

Jens' Lachen endete so abrupt, wie es begonnen hatte. Schwach ließ er sich auf den nassen Boden sinken. «Es ist Pinkis Macke. Sie kann sich nie entscheiden. Sie nimmt immer diese Dinger zu Hilfe. Auch mit Leefke hat sie es ständig gemacht. Wer von uns beiden zieht heute Abend die Lederjacke an, du oder ich?» Jens keifte mit hoher Stimme, so als wolle er die beiden Freundinnen parodieren.

«Das stimmt!», sagte Swantje. «Gehen wir heute ins Kino oder gucken wir Fernsehen? Essen wir Chips oder Pizza? Hören wir ‹Fettes Brot› oder die ‹Piraten›?»

Wenckes Kopf rotierte. Es ging um Entscheidungen. Bei Pinki und Leefke ging es um mehr als um Chips oder Pizza. Es ging um Wahrheit oder Pflicht. Es ging um Freundschaft oder Verrat. Es ging um Leben oder Tod.

Und diese Entscheidung war getroffen worden. Und zwar nicht in Pinkis Zimmer. Es war woanders geschehen, und es war unmittelbar in die Tat umgesetzt worden.

Wahrheit oder Pflicht. Freundschaft oder Verrat. Leben oder Tod.

Sie hatte auf dem Dach der Maritim-Klinik zwei Streichhölzer liegen sehen.

31. Es war sinnlos, sich unterzustellen. Warum? «Kind, du wirst dich erkälten!»

Nein! Pinkis fünfte Zigarette, ihre letzte! In der kleinen Pappschachtel war nur noch ein unbenutztes Streichholz. Fünf abgebrannte gegen ein neues. Die Chancen standen schlecht, dass sie diesen Tag noch überleben sollte.

Wenn die Glut bis an den Filter vorgedrungen war, dann wollte sie es tun. Niemand würde sie davon abhalten. Niemand außer diesem einen winzigen Streichholz.

Auch Leefke hatte sich immer daran gehalten. Bis zuletzt. Sie hatten dieses Spiel schon so oft gespielt. Früher waren es abgebissene Lakritzstangen gewesen, die über ihr Schicksal entschieden hatten. Nun waren es Streichhölzer.

Sie waren echte Freundinnen gewesen.

Pinki dachte an ihr letztes Treffen. Es war nicht in ihrem Zimmer gewesen. Sie hatten sich noch einmal wiedergesehen. Eigentlich wollte sie diese Geschichte vergessen, die Erinnerung daran ausschalten, ein für alle Mal. Doch nun stand sie hier auf dem regennassen Dach und hatte das Gefühl, dass Leefke wieder lebendig war und nun neben ihr stand, um sie leise flüsternd daran zu erinnern, wie es wirklich gewesen war. Ihr letztes Treffen …

Sonntagabend. Pinki schaute immer noch *Viva*, doch der Streit mit Leefke bohrte in ihr, bis sie es in ihrem Zimmer nicht mehr aushielt. Er hatte in ihr das Gefühl hinterlassen, dass sie etwas sehr Wertvolles verloren hatte. Es war anders, als seine Unschuld zu verlieren oder einen Schlüssel, ein Portemonnaie. Sie hatte Leefke verloren. Weil sie Leefke vor die Wahl gestellt hatte: entweder die Wahrheit oder unsere Freundschaft. Und erst eine ganze Weile später, nachdem sie wie taub auf ihre Zimmertür gestarrt hatte, durch die Leefke so endgültig verschwunden war, erst da hatte sie die Kraft gehabt, ihr nachzugehen.

Vielleicht hatte Leefke Recht und es gab keinen anderen Weg, als Jasper von ihrem Verdacht zu erzählen. Sie war bereit, alles dafür zu riskieren, ganz allein. Pinki schlich sich aus dem Haus, es war bereits nach neun.

Dunkel war es noch nicht. Warm und sanft wie eine Decke lag der Sommerabend über der kleinen Stadt. Touristen in weißen Hosen und dunkelblauen Sweatshirts schlenderten mit Eis in der Hand durch die Norderneyer Straßen. Die Kinder rannten vor, blieben vor den bunten Schaufenstern stehen und wollten alles haben, was sie sehen konnten, bis sie von ihren Eltern wieder eingeholt und zum Weitergehen ermahnt wurden.

Pinki sah dies alles nur am Rande, die friedliche Idylle drang nicht bis an ihr Innerstes vor. Alles an ihr schien zu rennen, die Gedanken, die Gefühle und die Beine. Bis sie vor der Maritim-Klinik stand.

Eine Terrassentür stand offen, sie schlich sich hinein und suchte ein Versteck, von dem aus sie den Eingangsbereich im Auge hatte. Eine enge Abstellkammer direkt bei den gläsernen Schiebetüren stand offen, sie schaute sich um, doch niemand bemerkte sie, als sie sich in den winzigen Raum schob. Es waren ohnehin kaum noch Menschen in der Klinik unterwegs, ein paar Pflegerinnen beendeten ihre Spätschicht, zogen sich leichte Strickjacken über die Schwesternkittel und schlenderten lachend dem Feierabend entgegen. Rika war nicht unter ihnen. Sie hatte Nachtdienst auf der Unfallstation. Leefke hatte es ihr erzählt, weil sie sich darüber gewundert hatte. Schließlich hatte Jasper um Mitternacht Geburtstag.

Pinki setzte sich auf einen Stapel Toilettenpapier, um sie herum standen unzählige Putz- und Desinfektionsmittel, und es roch auf diesen paar Quadratmetern so intensiv nach Krankenhaus, dass Pinki sich bemühte, durch den Mund zu atmen. Doch das Versteck war gut. Falls eine Schwester hereinkäme, hätte sie sich schnell hinter einem mannshohen Turm aus Papierhandtüchern verbergen können, und durch den schmalen Spalt, den die Tür zum Foyer freigab, hatte sie die Eingangstür direkt im Visier. «Leefke, Leefke, komm endlich. Ich muss mit dir reden. Du bist doch meine Freundin. Mach doch nicht alles zunichte …», flüsterte sie beinahe unhörbar.

Und endlich, nach einer halben Ewigkeit, tauchte Leefke auf. Hastig lief sie am Portier vorbei, Pinki konnte ihn rufen hören, doch sie wusste, dass Leefke sich nicht aufhalten ließ. Ihre Freundin verschwand im Treppenhaus, und Pinki kroch aus der Kammer. Der Lift war zum Glück gerade im Erdgeschoss, nur ein paar Schritte von ihr entfernt, sie stellte sich an die verspiegelte Wand und drückte auf drei. Unfallstation, Rikas Station in dieser Nacht, die Türen schlossen sich. «Ich muss vor ihr da sein, ich muss sie abfangen, ich muss …», presste sie zwischen den Lippen hervor. Dann schoben sich die Türen zur Seite, und Leefke stand ihr direkt gegenüber. Vielleicht hatte sie für einen Moment gezögert, die Station zu betreten, jetzt starrte sie Pinki nur an, ihre Freundin, schon immer, doch in diesem Augenblick vielleicht auch ihre schlimmste Feindin. Leefke zog an der Tür.

«Warte!», rief Pinki ihr zu.

Leefke hielt inne. Doch dann stieß sie die Tür auf und betrat, ohne sich noch einmal umzublicken, die Unfallstation. Pinki war starr vor Schreck. Sollte sie umkehren? Oder sich in einer dunklen Ecke vor dem Unausweichlichen verstecken?

Es war zu spät. In diesem Moment sprachen die beiden miteinander. Rika und Leefke. Pinki war nicht in der Lage, richtig zu atmen, ihr war übel. Schwach setzte sie sich auf den kalten

Fliesenboden vor den überdimensionalen Fenstern und zählte mit geschlossenen Auge die Sekunden, die Minuten. Doch es dauerte nicht lang, zuerst spürte sie den Luftzug, als Leefke die Stationstür öffnete, dann blickte sie ihrer Freundin in das vertraute Gesicht.

«Was ist passiert?», brachte Pinki hervor.

«Sie hat keine Zeit. Irgendein Kegelbruder ist besoffen vor die kleine Bimmelbahn an der Promenade gelaufen und muss genäht werden. Ich bin nicht dazu gekommen, mit ihr zu reden. Sie will aber gleich herauskommen.»

Pinkis Körper entspannte sich, wie von einer schweren Last befreit, sie konnte Luft holen und wieder klar denken. Sie hatte es noch nicht ausgesprochen! Noch war alles zu retten!

«Lass uns auf das Dach gehen», sagte Leefke knapp und nickte kurz in Richtung Treppenhaus. Pinki beneidete Leefke um die Sicherheit, mit der sie Dinge tat oder bleiben ließ.

Langsam und schweigend und ernster, als sie jemals etwas gemeinsam unternommen hatten, stiegen sie die Stufen hinauf. Sie wussten wahrscheinlich beide, dass sie erst wieder hinunterkommen würden, wenn endlich alles geklärt war. Es war wie der Gang zum Schafott. Galgenfrist für ihre Freundschaft.

Und erst als sie auf dem Dach standen, sich an die Mauer lehnten und nur dunkelblauer Himmel und ein käsiger Sommermond über ihnen waren, da war die Zeit für die Wahrheit zwischen ihnen gekommen.

«Hast du es Jasper erzählt?», fragte Pinki mit ängstlicher, fast zitternder Stimme.

Doch Leefke schüttelte nur den Kopf. Sie konnte ihre Freundin atmen hören, das Meer unter ihnen war in dieser Nacht so still, auch das Reden und Lachen der Insel drang nicht zu ihnen. Keine Ruhestörung. Nur Leefke und sie.

«Hast du es irgendjemandem erzählt?»

«Nein, Pinki. Ist das denn die einzige Sorge, die du hast?»

Sie konnte und wollte darauf nichts erwidern.

«Ich werde es nur Jasper erzählen. Kannst du das nicht verstehen? Er ist ein so wunderbarer Mensch, er hat uns noch nie im Stich gelassen. Wie ein Pirat hat er auf dieser Insel den Erwachsenen ein wenig von ihrer Selbstgerechtigkeit abgenommen, und jede Errungenschaft hat er mit uns geteilt. Er war immer gerecht, er war immer mutig, er hat uns nie etwas vorgemacht. Und wir?»

Pinkis Blick fiel auf die Dächer unter ihnen, sie wusste, was darunter vor sich ging. Die Lichter in den Straßen, die kaum wahrnehmbare Musik aus den Häusern, die laue Seeluft, sie kannte dies alles und wusste auch, dass vieles von dem ein Trugbild war. Diese Insel war ihr Zuhause. Sie war mit alldem hier aufgewachsen. Vielleicht wäre sie auch nie auf die Idee gekommen, etwas davon infrage zu stellen, wenn sie nicht so viel Zeit mit Leefke, Oma Alide und Jasper verbracht hätte. Erst dann war ihr aufgefallen, wie viele Opfer diese heile Welt forderte.

Leefke holte tief Luft. «Wir igeln uns ein, wir stoßen ihn von uns, er ist uns mit einem Mal nicht eine Silbe Wahrheit mehr wert.»

«Er hängt doch selbst mit drin! Hätte ich ihm damals nicht von diesem Grapscher in der Silvesternacht erzählt, dann wäre dies alles nicht passiert. Wir haben einmal den Mund aufgemacht und uns beschwert, und daraus hat sich die ganze Katastrophe entwickelt. Warum konnten wir es nicht einfach alles auf sich beruhen lassen?»

«Weil es nicht funktioniert hätte, Pinki.» Sie würde Leefkes Blick, ihre hellen Augen in diesem Moment nie vergessen. Ihr war nun klar, dass ihre beste Freundin nicht einen Schritt zurück machen würde. Sie waren am Punkt der Entscheidung angelangt.

«Ich kann nicht damit leben, dass sie Oma Alide sterben ließen, bloß um an diese dämlichen Häuser und Grundstücke zu gelangen.»

«Aber es war Oma Alides letzter Wille, dass du die Häuser bekommen sollst, Leefke. Und das war auch gut und richtig so. Jetzt gehört Veit und Heiko Konstantin genauso viel wie dir, und sie haben zudem noch das Recht, deinen Anteil zu verwalten. Ich bin mir sicher, wenn es einen Himmel gibt, dann sitzt Oma Alide auf einer Wolke und ist todunglücklich, dass sie ihr Testament nicht mehr ändern konnte.»

Leefke fuhr herum, sie sah wütend aus, wütend und unendlich traurig. «Ich hätte lieber nur eine … eine alte Keksdose von ihr geerbt, wenn sie nur ein paar Jahre älter geworden wäre. Es ging mir doch niemals um den Nachlass.»

«Sag mal, wo lebst du eigentlich? Ich hätte dich für intelligenter gehalten! Es geht doch gar nicht um dich. Es geht darum, dass sie ihren Söhnen nichts vererben wollte. Was hättest du alles aus den Häusern machen können? Einen Probenraum für die ‹Piraten›, eine neue Diskothek, einen Treffpunkt für uns, was weiß ich? Du hättest deine Oma auf diese Weise unsterblich machen können.» Einen Augenblick später hätte Pinki sich am liebsten auf den Mund geschlagen, dass sie so dumm dahergeredet hatte. Doch im Grunde genommen waren es nur die Gedanken, die wohl jeder in der Clique schon gehabt hatte.

Nervös kramte sie sich eine Zigarette hervor, nahm ein Streichholz, ließ die Flamme zischend auflodern und nahm einen tiefen Zug. Sie sah, wie sich das kleine Feuer gierig an dem kleinen Holzstäbchen hinunterfraß, bis es einige Millimeter vor ihren Fingern glimmend erlosch.

Leefke legte sanft den Arm um ihre Schultern. Auch sie verfolgte den hellgrauen Zigarettenrauch, der sich in der Abendluft verflüchtigte. «Vielleicht ist beides nicht richtig. Wenn wir den Menschen von dem Mord erzählen, so werden wir auf ewig mit dieser Geschichte in Verbindung gebracht werden. Jeder auf Norderney wird uns ansehen und denken: Siehst du, das ist eine von denen, für die Alide Konstantin ihr Leben lassen musste. Eine von denen, die nicht zufrieden waren mit dem, was sie hatten, die mit ihren Forderungen auf Teufel komm raus ein tödliches Ärgernis wurden. Wir werden auf ewig gebrandmarkt sein. Und das wird unsere Freundschaft zerstören.»

Pinki sagte nichts. Was sollte sie sagen? Leefke hatte Recht.

«Doch ebenso werden wir vor die Hunde gehen, wenn wir die Wahrheit verschweigen. Denn wir alle wissen, dass wir nichts Unrechtes verbrochen haben. Vielleicht haben wir nicht immer ganz richtig gehandelt, doch unsere Beweggründe waren immer ehrlich. Eigentlich haben wir doch nur Angst. Angst vor den Vorwürfen, die wir alle schon tausendmal gehört haben. Und ich sage dir, ich habe eine Scheißangst, egal, wie ich mich jetzt entscheiden werde.»

«Und was wirst du tun?» Pinki traute sich kaum, diese Frage zu stellen.

«Entweder werde ich jetzt hinuntergehen, Rika zur Rede stellen und dann mit ihr zu Jasper fahren, und das wird alles verdammt hart werden. Ich werde euch alle verraten, meine Freunde hintergehen, ihren Willen missachten ... ihr werdet mich alle hassen!»

Leefke schluchzte gequält auf, doch sie weinte nicht.

«Oder?», fragte Pinki.

«Oder ich ...» Leefke legte ihre Wange auf den warmen Stein der Mauer und schaute in den Himmel.

Und dann hielt Pinki ihr die Streichhölzer hin.

«Wenn ich das lange Streichholz ziehe, werde ich allen die Wahrheit sagen», sagte Leefke und zog.

Doch Leefke Konstantin zog das kurze.

32. Wencke spürte die Beine nicht mehr. Ihre Lungenbläschen füllten sich schmerzhaft und mühsam mit Atemluft, die Kleider klebten nass und schwer an ihrem Körper. Der tosende Herzschlag trieb das Blut in ihre Glieder; sie fühlte unter dem Verband die Wunde wütend pulsieren. Doch sie rannte weiter. Es blieb keine Zeit.

Keine Zeit, den anderen ihre Panik zu erklären, keine Zeit, logisch und besonnen vorzugehen. Sie wusste, auf dem Dach der Klinik stand ein Mädchen im Regen und wollte seinem Leben ein Ende setzen. Wollte ihrer Freundin folgen, die in den letzten Tagen wie ein unerreichbares Vorbild ihren Weg begleitet, vielleicht sogar bestimmt hatte. Pinki hatte gesehen, wie leicht es war, dem Tod entgegenzukommen. Die Schwelle war verdammt niedrig.

Die automatischen Türen konnten sich nicht schnell genug öffnen, Wenckes schwitzende Handflächen hinterließen matte Streifen auf dem Glas, als sie hindurchfiel. Der Aufzug war nicht da, sie musste zu Fuß nach oben. Zur Rechten führte eine schwere Tür zum Treppenhaus, sie stieß sie mit dem Körper auf und rannte die Stufen hinauf. Ein Blick nach oben ließ sie für einen Augenblick zweifeln, ob sie es überhaupt schaffen würde. Nicht nur diese endlose Treppe, vier Stockwerke hinauf, Stück für Stück auf glatten Stufen. Nein, sie wusste nicht, ob sie in der Lage war, ein verzweifeltes Mädchen am Rande der Endgültigkeit von ihrem Tun abzubringen. Doch das war es nicht, worauf es ankam, vielleicht würde Pinki sich dennoch und vor ihren Augen in die Tiefe stürzen. Sie sollte nur wissen, dass sie nicht allein war. Dass es jemanden gab, der mit ihr fühlte, dem etwas an ihr lag. Wencke wusste, es gab viele Menschen, denen es nicht egal war, wie es diesem Mädchen ging.

Ihre Freunde, ihre Familie, aber auch zahlreiche Leute auf der Insel, an die sie in diesem Moment nicht dachte, ihnen allen würde es das Herz aus dem Leibe reißen, wenn sie sich für den Sprung in den Tod entschied. Wencke hoffte nur, dass es den anderen gelang, möglichst viele dieser Menschen zu erreichen. Vielleicht verstanden sie nicht, weshalb sie sich bei tobendem Gewitter vor der Maritim-Klinik versammeln sollten, vielleicht sagten sie, es sei Hauptsaison und somit keine Zeit für unsinnige, unverständliche Dinge. Doch wenn nur eine kleine Hand voll dort unten auf dem sandigen Boden stand, dann hätten sie eine Chance, dass Pinki begriff.

Wenckes Füße fanden keinen Halt, der feine Sand unter den Sohlen ließ sie auf jedem Treppenabsatz rutschen und schlingern, sie stieß sich das Knie an der kalten, scharfen Kante einer Steinstufe, doch sie stand auf, zog sich mit dem schmerzenden Arm in die Senkrechte und rannte weiter.

Armes, kleines Mädchen, du bist nicht so allein, wie du denkst. Du bist wertvoll, du bist auf deine einzigartige Weise wertvoll, bitte bleibe, wie du bist. Der stumme Schrei verhallte in ihrem Inneren. Wencke wurde bewusst, dass sie auch ein wenig sich selbst zu retten versuchte. Die Gedanken waren ihr nicht fremd, vielleicht war dies der Grund, dass sie nun zwei Stufen auf einmal nahm, um schneller voranzukommen. Sie sah sich selbst auf dem Dach stehen, unverstanden, verwirrt, ausgestoßen. Und unfähig, eine vernünftige Entscheidung zu treffen.

Lass die Streichhölzer, wo sie sind. Du kannst es selbst entscheiden. Du selbst bist dein Schicksal, überlass es keinem anderen außer dir selbst.

Und dann fand sie die Tür. Das Siegel war beschädigt, es musste also jemand auf dem Dach sein. Sie blieb stehen, eine Sekunde nur, einen Moment lang, den sie zum Atmen brauchte und um sich wieder zur Ruhe zu zwingen. Dann ging sie auf das Dach.

Wie ein Faustschlag ins Gesicht traf sie die Gewalt des Sturmes, nahm ihr die Luft, sodass sie den Kopf zur Seite drehen musste. Der schneidende Regen schien ihr jeden weiteren Schritt verbieten zu wollen, doch sie setzte sich zur Wehr, missachtete die Naturgewalt und öffnete die Augen, obwohl jeder peitschende Tropfen, jeder grelle Blitz es ihr fast unmöglich machten. Und sie sah die Gestalt am Geländer stehen. Ein paar Knochen, blasse und nasse Haut spannte sich müde darüber, war sie überhaupt lebendig, oder wurde ihr Körper vom Wind an die Mauer gepresst?

Dann erkannte sie die Glut der Zigarette, die sich wild entschlossen gegen die nasse Kälte des Unwetters behauptete und sich, von gierigen Lippen gesogen, in den Tabak fraß. Wencke blieb an der Wand, hielt sich am rauen Putz fest, so gut es ging, und tastete sich Stück für Stück an das Mädchen heran. Das Bombardement des Gewitters, die heranstürmende See, der angreifende Wind, sie alle machten einen weltuntergangsgleichen Lärm, sodass Pinki nicht wahrnehmen konnte, dass sie nicht mehr allein war.

Wencke sah die Zigarette des Mädchens, winzig und haltlos flog das Glühen vom Sturm ergriffen über die Mauer. Und sie konnte für einen Sekundenbruchteil ein abgebranntes Streichholz in der Mädchenhand erkennen. Dann schrie sie.

Pinki hielt kurz inne, wischte sich über die Augen und blickte wild um sich. Wencke stürzte auf sie zu, war fast bei ihr, und doch musste sie laut gegen das donnernde Tosen um sie herum anschreien. «Ich bin da, Pinki, ich bin da!»

«Wer bist du? Ich kann dich nicht sehen!»

Doch sie stand bereits fast neben ihr, wollte nicht zu nah heran, wollte sie nicht zu einer fatalen Bewegung verleiten. Es fiel

Wencke schwer, in diesem Chaos so etwas wie Ruhe zu verbreiten, doch sie musste es schaffen, sonst hatte sie verloren.

«Ich will nicht, dass du es tust, hörst du?»

«Es ist mir egal, was du willst. Ich kenne dich nicht. Ich habe nur einmal mit dir gesprochen, und das war ein Fehler. Ich werde nicht darauf hören, was du sagst!»

Sie hatte sie erkannt. Sie waren nur ein paar lächerliche Meter voneinander entfernt. Und doch war es fast unerreichbar weit. Pinki hatte sich bereits mit dem Oberkörper ein großes Stück über die Brüstung gedrängt. Ein brutaler Windstoß hätte sie hinuntergestoßen oder eine unbedachte Bewegung. Es gab nur Worte, um sie wie mit einem Strick auf dem Dach zu halten.

«Du irrst dich, wenn du sagst, dass du mich nicht kennst. Vielleicht hätte ich dir bei unserem Gespräch mehr über mich erzählen sollen, als dir nur zuzuhören. Dann hättest du begriffen, dass ich gar nicht so weit von dir entfernt bin. Dass wir beide verdammt viel gemeinsam haben.»

«Was bringt das?» Der Wind und der rasende Donner verschluckten beinahe jedes Wort.

«Du stehst nicht allein auf dem Dach. Genau wie Leefke nicht allein war, als sie sprang. Es gibt viel zu viele Menschen, die verstehen, was in dir vorgeht. Und wenn du springst, dann reißt du sie alle ein Stück mit in die Tiefe!»

Irrte Wencke sich, oder rutschte Pinki ein kleines, Hoffnung weckendes Stück nach unten? Sie versuchte es erneut. «Ich habe selbst einmal am Abgrund gestanden. Kein Mensch hat mir das Gefühl gegeben, dass ich bleiben sollte, also dachte ich, ich könnte am besten gehen. Aber das war verkehrt!»

«Es ist nicht verkehrt! Leefke hat es auch getan, und die hat sich nie geirrt. Sie kannte ihr Schicksal und hat es richtig gemacht!»

Wencke spürte den Schmerz dieser Worte. O Gott, wie sollte sie diesem Mädchen nur die Angst nehmen, hier oben, näher dem Himmel als dem Boden der Tatsachen. Hier oben kam es einem beängstigend logisch vor, dass man der Gewalt des Lebens hoffnungslos ausgeliefert war. «Leefke hat es vermasselt!»

«Nein!», schrie Pinki. «Nein, sie hat es verstanden! Sie ist gesprungen, weil es der einzige Weg für sie war. Ich war doch dabei! Ich habe sie doch gesehen! Sie hatte keinen Zweifel in ihrem Gesicht, als sie über die Mauer kroch, als sie den Halt verlor. Sie hat es gewusst!»

«Nichts hat sie gewusst! Hörst du: nichts! Niemand trifft die Entscheidungen für einen, nur man selbst. Du kannst springen, und du kannst leben. Aber schieb es nicht auf ein abgebranntes Streichholz, dass du aufgegeben hast!»

Pinki zog sich nach oben, schob ihr Bein über die Mauer, sie hielt die Balance, schwebte mehr und mehr über der Tiefe, es war nur ein Hauch, der sie vom Absturz trennte.

«Schau nach unten!», schrie Wencke. Sie konnte nicht sehen, was sich unter der Brüstung befand, dazu war sie zu weit entfernt. Sie konnte nur hoffen, dass Pinki nicht in eine schwarze, verlockend einsame Tiefe blicken würde. «Schau nach unten!»

Pinki blickte hinab, riss die Augen auf, ein gleißender Blitz erhellte eine Sekunde lang die schwere Dunkelheit. «Was wollt ihr?», rief sie schluchzend. «Geht da weg, ich werde fallen!»

Langsam, fast unmerklich näherte sich Wencke dem Geländer.

«Ich habe gesagt, ihr sollt verschwinden!» Doch der Körper des Mädchens sank in sich zusammen, krümmte sich, fiel vornüber auf die Mauer, wo sich die nassen, zitternden Hände krampfhaft in die Fugen krallten. Und dann konnte Wencke sie packen, sie schob ihr einen Arm um die Taille und griff mit der anderen Hand ihr Bein. Pinki zuckte, wehrte sich schwach, doch sie hatte sich zu fest an ihren letzten Halt geklammert, sie konnte nicht loslassen.

Dann schaute Wencke über die Brüstung. In der Dunkelheit unter ihnen konnte sie einzelne Gesichter ausmachen, Menschen mit Taschenlampen, winkende, rufende Gestalten in der Tiefe. Es waren nicht nur ein paar, es waren viele. Es waren mehr, als man auf den ersten Blick hätte zählen können. Und sie alle waren da, um ihr zu helfen. Um Pinki zu helfen.

«Was machen die da?», wimmerte Pinki. «Die sollen mich allein lassen.»

«Sie können es nicht», flüsterte Wencke. Sie hatte ihren Kopf in Pinkis Nacken gelegt und atmete warm in das wirre Mädchenhaar. «Sie können dich nicht allein lassen, weil sie dir dazu viel zu nahe sind.»

«Ich kenne sie nicht. Ich kenne keinen einzigen da unten. Es sind Fremde!»

«Es sind deine Freunde, Pinki. Und wenn du fällst, dann werden sie dich auffangen. Sie werden alles tun, um dich zu behalten, verstehst du?»

Wencke konnte spüren, wie der Körper unter ihr mit jedem Atemzug weicher wurde, so als löse sich der Zwang, der von ihm Besitz ergriffen hatte. Sanft versuchte sie, Pinki zu sich herüberzuziehen, doch noch war der Abgrund zu nahe, noch stand die unerklärliche Sehnsucht nach dem Nichts auf der anderen Seite und hielt ihre Hand auf dem Mädchen.

«Es wird nie wieder so sein wie früher, Pinki. Das verspreche ich dir. Wenn du es heute schaffst, wenn du dieser Versuchung, einfach Schluss zu machen, widerstehst, dann wirst du nie wieder, hörst du, nie wieder so allein sein, wie du es gewesen bist.»

Und dann glitt Pinki langsam und wie bewusstlos von der Mauer herunter auf den sicheren, sandigen Boden.

33. **Heiter bis wolkig, 22 °C im Schatten**

Wencke spürte den rauen Stein an ihrem Rücken. Es war nicht mehr so heiß, und der Dauerregen der letzten Tage war heute nach und nach von der Sonne getrocknet worden. Ihr letzter Urlaubstag.

Sie schaute nach oben, über ihr kreisten langsam und mächtig die unendlichen Strahlen, spannten sich zwischen sie und den Abendhimmel und tanzten gemächlich. Vielleicht war es auch anders, vielleicht waren diese Lichtstreifen das einzig Stetige und alles andere drehte sich im Kreis, sie selbst und die Insel um sie herum, warum nicht auch die ganze Welt. Nichts steht ewig still. Nur die Zeit in diesem Moment unter dem Leuchtturm.

«Es ist wunderschön», sagte Wencke und drehte den Kopf zu dem Mann an ihrer Seite. Eigentlich war sie zu glücklich, um sich zu bewegen, doch sie wollte es ihm sagen. Denn er war ein Hauptgrund für dieses gluckernde, kitzelnde Gefühl in ihrem Bauch.

Seine Hand schob sich zwischen die Mauer und ihren Kopf; er fuhr ihr mit den Fingerspitzen zärtlich durchs Haar. «Ich war schon so oft hier, aber an deiner Seite ist es noch ein bisschen … überwältigender!» Und dann lächelte er. Sie konnte den Blick nicht von ihm wenden. Endlich waren sie dort angekommen, wo sie schon immer sein wollten.

Heute Nachmittag hatten sich alle in der Waldkirche getroffen. Die Clique hatte nicht nachgegeben, sie hatten darauf bestanden, Leefkes Trauerfeier an ihrem Ort und nach ihren Vorstellungen abzuhalten. Der Steinaltar war mit bunten Blumen überhäuft, und die Holzbänke waren bis zum letzten Platz besetzt gewesen. Und daneben hatten sie gestanden, bis auf den Wall, eng an eng, es waren weit über hundert Leute gewesen, die Leefke Konstantin ein letztes Stück begleiteten. Einige hatten sich in das Kondolenzbuch eingetragen, hatten bedauert oder sogar tief bereut, dass sie nicht viel eher an der Seite des Mädchens gestanden hatten. Es waren Supermarktkassiererinnen und Busfahrer, Ärzte und Lehrer, Matrosen und Politiker, Alte und Junge. Und sie alle hatten eigentlich immer verstanden, worum es Leefke und den anderen gegangen war. Sie hatten nur nie ein Wort darüber verloren. Hatten geschwiegen, weil sie dachten, es sei nicht wichtig. Doch vielleicht würde es nun nie wieder so sein. Vielleicht hatte das tödliche Spiel von Wahrheit und Freundschaft ihnen gezeigt, dass jedes verständnisvolle Wort einen Menschen weniger einsam, weniger ängstlich machen kann.

Die «Piraten» hatten gespielt. Oben am Steinkreuz hatten sie ihre Instrumente aufgebaut, und sie hatten nicht leise gespielt. Vielleicht waren sie dem einen oder anderen zu laut, es war egal. Philip und Jens, Wilko und Swantje, sie alle hatten gelacht, weil sie wussten, dass sie im Recht waren. Man durfte alles auf Leefke Konstantins Beerdigung: Man durfte rauchen und heulen, tanzen und schmusen, nur eines durfte man nicht: leise sein!

Und zum Schluss war Pinki aufgestanden. Sie hatte einen rosaroten Zettel in der Hand, ein ziemlich mitgenommenes Stück Papier mit feinen Rissen und zerlaufener Tinte, doch es war nicht schlimm, denn sie kannte den Text. Ihre Stimme war fest, sie hatte für einen kurzen Moment Wenckes Blick gesucht, dann hatte sie vorgelesen:

«Ruhestörung … von Leefke Konstantin!»

Als sie nun daran dachte, hier unter dem Leuchtturm, da war sie froh, dass sie diesen Urlaub erleben durfte. Ansgar hatte sich nicht mehr bei ihr gemeldet, er kam morgen aus La

Palma zurück, und sie wusste, was sie zu tun hatte. Sie würde kein Streichholz ziehen müssen, um ihrem Schicksal auf die Sprünge zu helfen. Ihr war klar, was sie wollte. Es war das Verdienst der Insel, dass sie dieses Stück des Erwachsenwerdens nun auch geschafft hatte.

«Wirst du wiederkommen?», fragte er.

Sie nickte. Er würde nicht viel Zeit haben. Die Häuser der Konstantins waren eine große Aufgabe für ihn, doch er hatte sich gern und sofort dazu bereit erklärt, als deutlich wurde, dass das Testament von Oma Alide zugunsten der Söhne nichtig war.

Bis zum Urteil im Prozess gegen die Konstantin-Brüder und Rika Haberkamp würden noch einige Monate vergehen, doch sobald die Schuld rechtmäßig festgestellt war, fiel das gesamte Erbe einer neu gegründeten Stiftung zu. Jasper hatte sie «Ruhestörung»-Stiftung genannt, und niemand hatte sich an diesem Namen gestoßen.

Dann schauten sie noch lange in den Strahlenhimmel, fast ohne ein Wort, nur mit liebevollen, leichten Berührungen.

«Jasper?», fragte sie dann.

Er schaute sie an.

«Du hast mir doch ein Lied geschrieben, oder nicht?»

«Habe ich. In meinem schrecklich langweiligen Gefängnis. Ich weiß, dass wir dir das Leben oft nicht einfach gemacht haben, weil du etwas … wie soll ich sagen … anders warst als wir alle mit unseren Ideen und Spinnereien. Der Song erzählt auch von meinen kleinen, aber gemeinen Angriffen auf dich. Erinnerst du dich zum Beispiel an meinen Auftritt bei deiner Abiturfeier?»

Wencke nickte lächelnd.

«Und eine Strophe erzählt von meiner öffentlichen Verbrennung deines Depeche-Mode-Starschnittes aus der *Bravo*.»

«Es war Duran-Duran!»

«So? Siehst du, dann muss ich das Lied noch ein wenig mehr verändern. Aber ich habe es bereits ein wenig umgetextet.»

«Warum?»

«Es stimmte so nicht mehr. Eigentlich hieß es ‹Meine kleine Schwester›.»

Sie boxte ihm liebevoll in die Seite. «Wie heißt es jetzt?»

Er legte den Arm um sie und drückte sie leicht. «Meine starke Schwester!»

© Anne Eilers

Sandra Lüpkes

«Ein Nachwuchsstar der deutschen Krimiszene.»
Jürgen Kehrer in der *Süddeutschen Zeitung*

Fischer, wie tief ist das Wasser
Küstenkrimi
rororo 23416

Halbmast
Kriminalroman
rororo 23854

*Inselkrimis mit Kommissarin
Wencke Tydmers:*

Das Hagebutten-Mädchen
Shantychöre und Döntjeserzähler
der sieben ostfriesischen Inseln
treffen sich auf Juist. Doch der
feuchtfröhliche Abend endet töd-
lich: Wer hat den Antiquitäten-
händler Kai Minnert in seinem
Laden ermordet? Die impulsive
und oftmals chaotische Kriminal-
kommissarin Wencke Tydmers versucht das Rätsel um ein altes
Instrument und eine fast vergesse-
ne Sturmflutsage zu lösen. Die fie-
berhafte Suche nach dem Mörder
beginnt ...
rororo 23599

Die Sanddornkönigin
rororo 23897

Der Brombeerpirat
Norderney. Die 14-jährige Leefke:
tot, Wenckes Bruder: verschwunden. Besteht ein Zusammenhang?
rororo 23926

Die Wacholderteufel

rororo 24212

Weitere Informationen in der Rowohlt Revue oder unter www.rororo.de